BOILEAU DESPRÉAUX

CORRIGÉ

DANS SON ART POÉTIQUE.

Se vend

A Paris,

chez P. DIDOT aîné, imprimeur du sénat conservateur, *rue du Pont=de=Lodi*, n°. 6, derrière le quai des Augustins.

chez Firmin DIDOT, *rue de Thionville.*

Et à Bordeaux, chez J.-B. PINARD, imprimeur de la préfecture, *rue des Lauriers*, n°. 6.

C.

BOILEAU DESPRÉAUX

CORRIGÉ

DANS SON ART POËTIQUE;

ou

CE POÉME CLASSIQUE REPRODUIT AVEC DES CHANGEMENS
ESSENTIELS ET RAISONNÉS :

PAR J. NASSE = LAMOTHE, DE V...NE

(LOT = ET = GARONNE).

NOUVELLE ÉDITION,

SOIGNEUSEMENT REVUE, ET COMPLÉTÉE PAR NOMBRE
D'ARTICLES ÉCHAPPÉS DANS LA PREMIÈRE.

Quelquefois du bon or je sépare le faux.
ART POÉT., *ad fin.*

A BORDEAUX,

DE L'IMPRIMERIE DE J.-B. PINARD,

RUE DES LAURIERS, N°. 6.

JUIN 1808.

27.

On a remis les deux exemplaires à la bibliothèque impériale.

AVERTISSEMENT

CETTE NOUVELLE ÉDITION.

Nous l'annonçons comme complétée par plusieurs articles échappés dans la première; car nous aussi, nous avons été dupes de cette admiration aveugle et absolue que semblait imposer le seul nom de cet auteur fameux : nous aussi, nous avons eu notre part de l'engouement universel. C'est ainsi que, peu disposés à le croire fautif, nous avons dû regarder, comme le *non plus ultrà* de ses écarts, les premières taches qui nous ont frappés dans un examen rapide, et que nous ne pensions

pas qu'il fût besoin d'approfondir. Détrompés
sur ce point par quelque incorrection nouvelle
qui s'est offerte à nous, comme par hasard,
nous nous sommes décidés à faire encore une
recherche générale et plus appliquée, afin de
donner à la présente édition, avec le degré de
fini qu'il était en nous d'y mettre, la consis-
tance et toute la fixité d'un ouvrage posthume.
Il en est résulté ces additions qui seront in=
failliblement les dernières, et que nous don-
nons comme le sceau de notre travail.

L'utilité n'en pouvait être contestée : nous
nous sommes convaincus de sa bonté, non-
seulement par les suffrages éclairés qui nous
sont parvenus ; mais encore par les critiques
indécentes et absurdes dont on nous a aussi
régalés : fruits honteux, tantôt d'une présomption si gratuite, qu'elle trébuchait à chaque
pas en prétendant nous relever ; tantôt d'un
talent assez vil pour se décrier lui=même en
déclamant sans cesse contre la raison et les
lumières, et en faisant un trafic ouvert de sa
satire, comme de ses éloges.

Nous pouvions dédaigner de tels censeurs ;
nous avons eu la bonhommie de leur répli-
quer : c'est=à=dire qu'on nous a vus confondre

l'impudence des uns, en montrant aux autres leur béjaune.

Ici, vient s'offrir, sous notre plume, la plus insigne des perfidies qui nous a privés de donner à nôtre défense toute la publicité qu'elle demandait; mais ces pages semblent gémir de retracer tant de misères. Qu'il nous suffise que nous n'aurons point souffert d'une lâche intrigue, et que, pour tout homme qui pense, nos gens s'étaient eux-mêmes réfutés par le ton qu'ils avaient pris. Ainsi, nous tiendrons notre réponse pour connue ou pour superflue (1); et toujours persuadés que les journaux doivent être exclusivement l'arène des écrivains, nous ne répondrons ici à nos censeurs, qu'en perfectionnant notre essai, et en ajoutant à ce qui les fâche (2). Toutefois, nous devons suppléer

----

(1) Elle se trouvera néanmoins dans tous les dépôts de notre livre (auquel on pourra même la joindre), en faveur de ceux qui pourraiet ignorer jusqu'où avait été porté le délire de nos adversaires.

(2) Ils seront bien obstinés, ces Don Quichottes de l'infaillibilité de Boileau, s'ils ne se rendent en-

l'omission du point suivant, d'autant plus que, se montrant comme fondamental, il peut seul faire apprécier les autres.

On saura donc que notre principal Aristarque nous reprochait sérieusement d'avoir attaqué des choses *consacrées par un siècle et demi d'admiration.* Un tel grief, comme on voit, pouvait être négligé sans conséquence. Néanmoins nous lui opposerons un argument irréfragable, un argument *ad hominem.* L'autorité d'Aristote n'était=elle pas bien plus ancienne et plus consacrée? Et cependant Boileau lui=même n'est=il pas un de ceux qui ont le plus contribué à la faire tomber (1)? D'ail-

---

fin à cette masse de preuves qui démontrent palpablement qu'il existe des fautes, même graves, dans ce qu'on appelle son chef=d'œuvre. D'où il résulte, d'après un principe incontestable de notre préface, que ce poëme ne peut plus être employé sans correctif que par des maîtres ineptes ou des charlatans d'instruction qui seraient par là même signalés.

(1) On connaît la *requête* et certain *arrêt burlesques* où il eut tant de part. Nous n'outragerons pas nos devanciers et sur=tout nos contemporains,

leurs, nous ignorions qu'il y eût un temps qui prescrivît pour l'erreur, et nous pensions plutôt que celle-ci étant bien reconnue, le droit ou même le devoir de l'attaquer ne pouvait être un problème.

Nous ne finirions point si nous voulions rapporter, et sur-tout relever toutes les inepties, toutes les futilités qu'on a débitées à ce sujet. L'ignorant, comme le lettré, tous s'en sont mêlés à l'envi; et si le pire sort d'un livre est qu'on n'en parle point du tout, celui-ci du moins n'aura pas été méprisé jusque-là. Mais nous nous consolerons en pensant que la cabale, qui s'est mise ici à découvert, ne s'agite pas pour tout le monde, et que c'est une distinction dont nous devons nous glorifier.

Quoi qu'il en soit, nous jetons de nouveau

---

jusqu'à appliquer au cas présent le mot d'un célèbre italien (Nizolius) qui préluda à la renaissance des lettres. Il prétendait, comme le cite Fontenelle, que *la longue et constante admiration qu'on avait eue pour Aristote ne prouvait que la multitude des sots et la durée de la sottise.* Nous avons indiqué, dans l'excessive célébrité du personnage, un principe moins offensant de notre illusion.

l'opuscule dans le public , sans autre patron que son utilité. Il est fâcheux sans doute que notre position ne nous ait pas permis de mieux faire; mais l'enfant abandonné sera toujours prêt à saisir le premier appui généreux qui s'offrira. En attendant, il ne doit pas être absolument sans adresse : nous le dédions au petit nombre d'hommes qui , dans ce temps de décadence et de frivolité, s'intéressent encore au progrès des lettres et au règne des principes.

PRÉFACE.

~~~~~

La vogue étonnante qu'eurent, de son temps, les ouvrages de Boileau Despréaux, n'a rien perdu de nos jours. Cet illustre écrivain conserve encore par eux, dans la littérature, ce même empire despotique qu'il exerça dans son siècle. On voit son nom par-tout cité comme une autorité irréfragable ; et ses principes, ainsi que ses vers, également proposés comme des régulateurs et des modèles.

Parmi les divers fruits de sa plume, l'importance de son objet a toujours fait distinguer son Art Poétique Ce petit poëme, réputé communément pour son chef-d'œuvre, quoiqu'il soit peut-être celle de ses productions la plus négligée, fait partie de tous les cours d'instruction (1). Cependant des inexactitudes ou des fautes majeures s'y trouvant, pour ainsi parler, sous l'*incognito*, à côté de morceaux finis et précieux, ne peuvent qu'égarer l'ingénuité de l'âge; et viciant les premières impressions, nuire essentiellement par là au progrès des lettres et du goût.

Nous avons donc cru les servir utilement en recherchant avec soin ces défectuosités, et en éclairant les pas de l'inexpérience sur des écueils d'autant plus inévitables, qu'ils sont environnés de points rians, et qu'ils n'ont jamais été, du moins pour la plupart, signalés ni même soupçonnés.

Ainsi notre projet, outre son utilité intrinsèque, offre déjà à l'esprit je ne sais quel

_____

(1) Il forme le principal d'un recueil très=bien conçu, déclaré classique par la commission du gouvernement pour le choix des livres élémentaires.

contraste piquant, dans cette idée d'infail=
libilité qu'un préjugé presque universel et
tâchait à cet auteur classique, et dans ces
méprises de tout genre que nous annonçons, .
et que nous devons, en quelque sorte, ren=
dre palpables. On s'étonnera, en effet, qu'un
homme dont le ton décisif et magistral en
imposa si fort à ses contemporains, qu'il
faisait succomber, sous un trait de sa satyre,
des têtes trop faiblement organisées (1),
ait été capable des écarts graves que nous
dévoilons (2), et qu'un aveugle engouement
et le prestige d'une célébrité colossale ont
pu seuls déguiser si long=temps.

---

(1) L'abbé Cassagnes, entre autres, homme es=
timable, en mourut victime.

(2) On les fera remarquer dans les endroits même
les plus usuels et le plus universellement loués; tels
que ceux qui concernent la *césure*, l'*hiatus*, etc.

Quoi qu'il en soit, comme il n'entre pas
dans nos vues de décréditer l'ouvrage, mais
de le rendre plus utile, en dégageant le véritable or qu'il renferme de l'alliage et des
scories qui le déparent, nous n'avons pas dû
nous borner à une simple critique. Nous
avons donc remplacé, pour ne le pas tron-
quer, les endroits défectueux qui le deman-
daient, au risque de mettre, à côté de son
or, des choses moins précieuses sans doute,
mais où l'on trouvera, en récompense, une
rectitude de principes et une correction de
phrase qui manquent dans le texte réformé.

Au reste, nous ne croyons pas avoir besoin d'excuser, quoi qu'on ait dit (1), la pré-
tendue hardiesse de notre entreprise. C'est
un livre classique : cela suffit. L'erreur, qui

(1) Certains ont poussé la chose jusqu'à nous
traiter d'Hérostrates, comme si c'eût été brûler le
temple d'Éphèse, que de le purifier.

ne peut jamais se prétendre inviolable, doit être sur=tout sévèrement bannie de ces sortes d'écrits où la moindre irrégularité, la moindre tache est un vice funeste (1). Ainsi, loin qu'on doive improuver les efforts de ceux qui voudraient les atténuer ou les faire disparaître, il semble, au contraire, qu'on ne saurait trop les encourager, puisque le moindre succès en cette partie est un service essentiel rendu aux sciences et aux générations qui nous suivent. Nous aimons donc à nous flatter que, plus on attachera d'importance à cet ouvrage justement fameux, plus on nous saura gré des changemens utiles par lesquels nous aurons pu le perfectionner, et qu'on appréciera même d'autant

---

(1) Proposer, sans correctif, de faux principes ou de faux modèles, c'est dénaturer l'enseignement; c'est pervertir et dépraver, au lieu d'opérer un perfectionnement moral.

plus ces divers changemens, qu'ils paraîtront
plus simples et plus naturels.

Nota. On a mis tout de suite le poëme
corrigé, pour n'en pas trop couper le fil,
et l'on a renvoyé à la fin les notes raison-
nées des changemens. Les lettrines de la
marge indiquent les endroits où ils ont été
faits.

ART POËTIQUE

CORRIGÉ.

CHANT PREMIER.

a) Fier d'un heureux essor, un novice rimeur
Croit en vain du Parnasse atteindre la hauteur :
S'il ne sent point du ciel l'influence secrète,
Si son astre en naissant ne l'a formé poëte,
Dans son génie étroit il est toujours captif ;
Pour lui Phébus est sourd, et Pégase est rétif.

 O vous donc qui, brûlant d'une ardeur périlleuse,
Courez du bel esprit la carrière épineuse,

N'allez pas sur des vers sans fruit vous consumer,

b) Ni prendre pour génie un attrait de rimer.

Craignez d'un vain plaisir les trompeuses amorces,

Et consultez long=temps votre esprit et vos forces.

La Nature, fertile en esprits excellens,

Sait entre les auteurs partager les talens.

L'un peut tracer en vers une amoureuse flamme,

c) L'autre, d'un trait piquant aiguiser l'épigramme :

Malherbe d'un héros peut vanter les exploits ;

Racan, chanter Philis, les bergers et les bois.

Mais souvent un esprit, qui se flatte et qui s'aime,

d) Méconnaît son génie, et s'ignore lui=même :

Ainsi tel ¹ autrefois qu'on vit avec Faret ²

Charbonner de ses vers les murs d'un cabaret,

S'en va, mal à propos, d'une voix insolente,

Chanter du peuple Hébreu la fuite triomphante,

Et poursuivant Moïse au travers des déserts,

Court avec Pharaon se noyer dans les mers.

e) Quelque sujet qu'on traite, ordinaire ou sublime,

Au sens, à la raison, il faut plier la rime :

---

1 Saint-Amand, auteur du *Moïse sauvé.*

2 Faret, auteur du livre intitulé *l'honnête Homme,* et ami de Saint-Amand.

Ils paraissent en vain s'exclure et se haïr;

La rime doit au sens constamment obéir.

Elle plaît d'autant plus, que, sans effort ni gêne,

Un mot, qu'on n'attend pas, au bout du vers l'amène :

Mais elle plaît encor, quand l'art qui nous séduit,

Déguise le travail qui parfois la produit,

Ni la rime pourtant, ni l'exacte cadence

D'un remplissage vain n'admettent la licence.

Il faut tenir pour loi que toujours la raison

Doit être des écrits et l'essence et le fond.

    La plupart, emportés d'une fougue insensée,

Toujours loin du droit sens vont chercher leur pensée :

Ils croiraient s'abaisser, dans leurs vers monstrueux,

f) S'ils disaient ce qu'un autre a pu penser comme eux.

    Évitons ces excès; laissons à l'Italie

De tous ces faux brillans l'éclatante folie.

Tout doit tendre au bon sens : mais pour y parvenir

Le chemin est glissant et pénible à tenir;

Pour peu qu'on s'en écarte, aussitôt on se noie.

La raison pour marcher n'a souvent qu'une voie.

    Un auteur quelquefois trop plein de son objet

Jamais sans l'épuiser n'abandonne un sujet.

g) S'il rencontre un palais, il m'en peindra la face:

Il me promènera de terrasse en terrasse;

Ici s'offre un perron ; là règne un corridor ;

Là ce balcon se montre avec balustre d'or ;

Il compte des lambris les ronds et les ovales ;

« Ce ne sont que festons, ce ne sont qu'astragales [1]. »

Je saute vingt feuillets pour en trouver la fin ;

Et je me sauve à peine au travers du jardin.

Fuyez de ces auteurs l'abondance stérile ;

Et ne vous chargez point d'un détail inutile.

Tout ce qu'on dit de trop est fade et rebutant ;

L'esprit rassasié le rejette à l'instant.

Qui ne sait se borner ne sut jamais écrire.

Souvent la peur d'un mal nous conduit dans un pire.

Un vers était trop faible, et vous le rendez dur :

h) En voulant être bref, vous devenez obscur :

i) L'un n'a point trop de fard ; mais sa muse est trop nue :

L'autre a peur de ramper ; il se perd dans la nue.

k)   Voulez=vous du public être toujours goûté ?

Relevez vos écrits par la variété.

l) Il n'est tour si brillant, s'il est trop uniforme,

Qui par ce vice seul bientôt ne nous endorme.

On lit peu ces auteurs, nés pour nous ennuyer,

---

[1] Vers de Scudéry.

Qui toujours sur un ton semblent psalmodier.

m)   Heureux plutôt celui dont la plume facile

Sait changer à propos de manière et de style !

Son livre, aimé du ciel ainsi que des lecteurs,

Est souvent chez Barbin entouré d'acheteurs.

    Quoi que vous écriviez, évitez la bassesse :

Le style le moins noble a pourtant sa noblesse.

n) En dépit du bon sens, le burlesque [1] effronté

D'abord en imposa, plut par sa nouveauté :

On ne vit plus en vers que pointes triviales :

Le Parnasse parla le langage des halles :

o) Des rimeurs la licence alors n'eut plus de frein ;

Apollon travesti devint un Tabarin.

Cette contagion infecta les provinces,

Du clerc et du bourgeois passa jusques aux princes :

Le plus mauvais plaisant eut ses approbateurs ;

Et, jusqu'à d'Assouci [2], tout trouva des lecteurs.

Mais de ce style enfin la cour désabusée

Dédaigna de ces vers l'extravagance aisée,

Distingua le naïf du plat et du bouffon,

---

[1] Le style burlesque fut extrêmement en vogue depuis le commencement du dernier siècle jusques vers 1660 qu'il tomba.

[2] Pitoyable auteur qui a composé l'*Ovide en belle humeur*.

Et laissa la province admirer le Typhon.

Que ce style jamais ne souille votre ouvrage.

Imitons de Marot l'élégant badinage,

Et laissons le burlesque aux plaisans [1] du Pont-neuf.

Mais n'allez point aussi, sur les pas de Brébeuf,

Même en une Pharsale, entasser sur les rives

« De morts et de mourans cent montagnes plaintives. »

Prenez mieux votre ton. Soyez simple avec art,

Sublime sans orgueil, agréable sans fard.

p) N'offrez rien au lecteur qui ne doive lui plaire.

Ayez pour la cadence une oreille sévère :

q) Que le sens dans vos vers, d'accord avec les mots,

S'il faut une césure, en marque le repos.

r) Evitez bien sur-tout le choc dur et rebelle

D'une voyelle forte avec une voyelle.

Il est un heureux choix de mots harmonieux.

Fuyez des mauvais sons le concours odieux :

Le vers le mieux rempli, la plus noble pensée,

Ne peut plaire à l'esprit quand l'oreille est blessée.

s) Des premiers nourrissons du Parnasse français

Le caprice tout seul dirigeait les essais.

---

[1] Les vendeurs de mithridate et les joueurs de marionnettes se mettent depuis long-temps sur le Pont-neuf.

La rime, au bout des mots assemblés sans mesure,
1) Formait tout l'ornement, sans nombre ni césure.
Villon sut le premier, dans ces siècles grossiers,
Débrouiller l'art confus de nos vieux romanciers [1].
Marot bientôt après fit fleurir les ballades,
Tourna des triolets, rima des mascarades,
A des refrains réglés asservit les rondeaux,
Et montra pour rimer des chemins tout nouveaux.
Ronsard, qui le suivit, par une autre méthode,
Réglant tout, brouilla tout, fit un art à sa mode,
Et toutefois long=temps eut un heureux destin.
Mais sa muse, en français parlant grec et latin,
Vit dans l'âge suivant, par un retour grotesque,
Tomber de ses grands mots le faste pédantesque.
Ce poëte orgueilleux, trébuché de si haut,
Rendit plus retenus Desportes et Bertaut.
Enfin Malherbe vint, et, le premier en France,
Fit sentir dans les vers une juste cadence,
D'un mot mis en sa place enseigna le pouvoir,
Et réduisit la muse aux règles du devoir.
Par ce sage écrivain la langue réparée

---

[1] La plupart de nos plus anciens romans français sont en vers confus
et sans ordre, comme le roman de *la Rose* et plusieurs autres.

N'offrit plus rien de rude à l'oreille épurée.

Les stances avec grace apprirent à tomber,

Et le vers sur le vers n'osa plus enjamber.

Tout reconnut ses lois, et ce guide fidèle

Aux auteurs de ce temps sert encor de modèle.

Marchez donc sur ses pas : aimez sa pureté,

Et de son tour heureux imitez la clarté.

Si le sens de vos vers tarde à se faire entendre,

Mon esprit aussitôt commence à se détendre,

Et, de vos vains discours prompt à se détacher,

Ne suit point un auteur qu'il faut toujours chercher.

Il est certains esprits dont les sombres pensées

Sont d'un nuage épais toujours embarrassées ;

Le jour de la raison ne le saurait percer.

Avant donc que d'écrire, apprenez à penser.

Selon que notre idée est plus ou moins obscure,

L'expression la suit, ou moins nette, ou plus pure.

Ce que l'on conçoit bien s'énonce clairement,

Et les mots pour le dire arrivent aisément.

Sur=tout qu'en vos écrits la langue révérée

u)Dans vos plus vifs transports vous soit toujours sacrée.

En vain vous me frappez d'un son mélodieux,

Si le terme est impropre ou le tour vicieux :

Mon esprit n'admet point un pompeux barbarisme,

Ni d'un vers ampoulé l'orgueilleux solécisme.

x) Si l'on blesse la langue, en un mot, c'est en vain

Qu'on oserait prétendre au titre d'écrivain.

Travaillez à loisir, quelque ordre qui vous presse [1],

Et ne vous piquez point d'une folle vitesse :

- *y*) Le nerf manque au discours fait précipitamment,

Et tout écrit doit être un fruit du jugement.

J'aime mieux un ruisseau qui, sur la molle arène,

Toujours limpide et pur, lentement se promène,

Qu'un torrent, de l'orage enfant impétueux,

Qui ne roule jamais que des flots limoneux.

Pour quelques vains efforts ne perdez pas courage :

Vingt fois sur le métier remettez votre ouvrage ;

Polissez=le sans cesse et le repolissez ;

Ajoutez quelquefois, et souvent effacez.

z)   C'est peu que de beautés votre ouvrage fourmille,

Que, par=tout élégant, de grands traits il pétille :

Il faut que chaque chose y soit mise en son lieu ;

Que le début, la fin répondent au milieu ;

aa) Que délicatement les pièces assorties

N'y forment qu'un seul tout des diverses parties ;

---

[1] Scudéry disait toujours, pour s'excuser de travailler si vite, qu'il avait ordre de finir.

Que jamais du sujet le discours s'écartant
N'aille chercher trop loin quelque mot éclatant.

    Craignez=vous pour vos vers la censure publique ?
Soyez=vous à vous=même un sévère critique :
L'ignorance toujours est prête à s'admirer.
bb)   Du moins que vos amis puissent vous censurer ;
Qu'ils soient toujours pour vous des conseillers sincères
Et de tous vos défauts les zélés adversaires :
Dépouillez devant eux l'arrogance d'auteur,
Mais sachez de l'ami discerner le flatteur.
Tel vous semble applaudir, qui vous raille et vous joue.
Aimez qu'on vous conseille, et non pas qu'on vous loue.
cc)   Vous verrez un flatteur toujours se récrier :
Chaque vers qu'il entend le fait extasier.
Tout est charmant, divin ; aucun mot ne le blesse :
Il trépigne de joie, il pleure de tendresse :
Il vous comble par=tout d'éloges fastueux.
La vérité n'a point cet air impétueux.

    Un sage ami, toujours rigoureux, inflexible,
Sur vos fautes jamais ne vous laisse paisible :
Il ne pardonne point les endroits négligés ;
Il renvoie en leur lieu les vers mal arrangés ;
Il réprime des mots l'ambitieuse emphase ;
Ici le sens le choque, et plus loin c'est la phrase :

Votre construction semble un peu s'obscurcir :

Ce terme est équivoque ; il le faut éclaircir.

C'est ainsi que vous parle un ami véritable,

Mais souvent sur ses vers un auteur intraitable

A les protéger tous se croit intéressé,

Et d'abord prend en main le droit de l'offensé.

De ce vers, direz=vous, l'expression est basse.

Ah ! Monsieur, pour ce vers je vous demande grace,

Répondra=t=il d'abord. Ce mot me semble froid,

Je le retrancherais. C'est le plus bel endroit.

Ce tour ne me plaît pas. Tout le monde l'admire.

Ainsi toujours constant à ne se point dédire,

Qu'un mot dans son ouvrage ait paru vous blesser,

C'est un titre chez lui pour ne point l'effacer.

Cependant, à l'entendre, il chérit la critique :

Vous avez sur ses vers un pouvoir despotique.

Mais tout ce beau discours dont il vient vous flatter

dd) N'est qu'un détour adroit pour vous les réciter.

Aussitôt il vous quitte, et, content de sa muse,

S'en va chercher ailleurs quelque fat qu'il abuse ;

Car souvent il en trouve. Ainsi qu'en sots auteurs,

Notre siècle est fertile en sots admirateurs ;

ce) Et sans parler de ceux que fournit la province,

Il en est à la ville, il en est chez le prince.

L'ouvrage le plus plat a ; chez les courtisans,
De tout temps rencontré de zélés partisans ;
Et, pour finir enfin par un trait de satire,
Un sot trouve toujours un plus sot qui l'admire.

ART POÉTIQUE

CORRIGÉ.

CHANT SECOND.

TELLE qu'une bergère, au plus beau jour de fête,
De superbes rubis ne charge point sa tête,
Et, sans mêler à l'or l'éclat des diamans,
Cueille en un champ voisin ses plus beaux ornemens;
a) Telle, ignorant et l'art et la pompe du style,
Doit briller sans apprêt une élégante Idylle.
Son tour simple et naïf n'a rien de fastueux,
Et n'aime point l'orgueil d'un vers présomptueux.

3ª

Il faut que sa douceur flatte, chatouille, éveille,
Et jamais de grands mots n'épouvante l'oreille.
b) Mais souvent un rimeur trop contraint par ces lois
Jette là de dépit la flûte et le hautbois,
Et follement pompeux dans sa verve indiscrète,
c) Au milieu d'une Eglogue embouche la trompette :
A sa voix éperdu, Pan fuit dans les roseaux ;
Et les Nymphes, d'effroi, se cachent sous les eaux.

Au contraire, cet autre, abject en son langage,
Fait parler ses bergers comme on parle au village.
d) Ses vers plats et grossiers, dénués d'agrément :
Toujours baisent la terre et rampent tristement :
On dirait que Ronsard, sur ses pipeaux rustiques,
Vient encor fredonner ses Idylles gothiques,
e) Et changer gauchement, par un abus de nom,
Lycidas en Pierrot, et Philis en Toinon.

Entre ces deux excès la route est difficile.
Suivez, pour la trouver, Théocrite et Virgile :
Que leurs tendres écrits, par les Graces dictés,
Ne quittent point vos mains, jour et nuit feuilletés.
f) Seuls, dans leurs vers fameux, ils pourront vous apprendre
Par quel art sans bassesse un auteur peut descendre ;
Chanter Flore, les champs, Pomone, les vergers;
Au combat de la flûte animer deux bergers;

Des plaisirs de l'amour vanter la douce amorce ;

Changer Narcisse en fleur, couvrir Daphné d'écorce ;

Et par quel art encor l'Églogue quelquefois

Rend dignes d'un consul [1] la campagne et les bois.

Telle est de ce poëme et la force et la grace.

D'un ton un peu plus haut, mais pourtant sans audace,

La plaintive Élégie, en longs habits de deuil,

Sait, les cheveux épars, gémir sur un cercueil.

Elle peint des amans la joie et la tristesse ;

Flatte, menace, irrite, appaise une maîtresse.

Mais, pour bien exprimer ces caprices heureux,

C'est peu d'être poëte, il faut être amoureux.

Je hais ces vains auteurs dont la muse forcée

M'entretient de ses feux, toujours froide et glacée,

Qui s'affligent par art, et, sous de sens rassis,

S'érigent, pour rimer, en amoureux transis.

Leurs transports les plus doux ne sont que phrases vaines.

Ils ne savent jamais que se charger de chaînes,

Que bénir leur martyre, adorer leur prison,

Et faire quereller le sens et la raison.

g) Certes, ce n'était pas sur ce ton ridicule

Qu'Amour dictait les vers que soupirait Tibulle,

---

[1] Virgile, Églogue IV, v 3.

Ou que, du tendre Ovide animant les doux sons,

Il donnait de son art les charmantes leçons.

Il faut que le cœur seul parle dans l'Élégie.

L'Ode, avec plus d'éclat et non moins d'énergie,

Élevant jusqu'au ciel son vol ambitieux,

Entretient dans ses vers commerce avec les dieux.

Aux athlètes dans Pisé [1] elle ouvre la barrière,

Chante un vainqueur poudreux au bout de la carrière,

Mène Achille sanglant aux bords du Simoïs,

Ou fait fléchir l'Escaut sous le joug de Louis.

h) Tantôt de Flore amante, ainsi qu'on voit l'abeille,

Elle prend ses couleurs dans sa riche corbeille:

Elle peint les festins, les danses et les ris;

Vante un baiser cueilli sur les lèvres d'Iris,

Qui mollement résiste, et, par un doux caprice,

Quelquefois le refuse, afin qu'on le ravisse [2].

Son style impétueux souvent marche au hasard:

Chez elle un beau désordre est un effet de l'art.

Loin ces rimeurs craintifs, dont l'esprit flegmatique

Garde dans ses fureurs un ordre didactique;

Qui, chantant d'un héros les progrès éclatans,

---

[1] Pise en Élide, où l'on célébrait les jeux olympiques.

[2] Horace, Ode 12, liv. II.

Maigres historiens, suivront l'ordre des temps.

Ils n'osent un moment perdre un objet de vue :

Pour prendre Dole, il faut que Lille soit rendue,

Et que leur vers exact, ainsi que Méreray,

Ait fait déjà tomber les remparts de Courtray.

Apollon de son feu leur fut toujours avare.

On dit, à ce propos, qu'un jour ce dieu bizarre,

i) Voulant pousser à bout nos rimeurs d'autrefois,

Inventa du Sonnet les rigoureuses lois ;

Voulut qu'en deux quatrains de mesure pareille

La rime avec deux sons frappât huit fois l'oreille ;

Et qu'ensuite six vers artistement rangés

Fussent en deux tercets par le sens partagés.

Sur=tout de ce poëme il bannit la licence :

k) Lui=même en prescrivit le rhythme et la cadence ;

Défendit qu'un vers faible y pût jamais entrer,

l) Et que la même idée osât s'y remontrer.

Du reste il l'enrichit d'une beauté suprême :

Un sonnet sans défaut vaut seul un long poëme.

Mais en vain mille auteurs y pensent arriver :

m) Ce merveilleux Phénix est encore à trouver.

A peine dans Gombaut, Mainard et Malleville,

En peut=on admirer deux ou trois entre mille ;

Le reste, aussi peu lu que ceux de Pelletier,

N'a fait de chez Sercy [1] qu'un saut chez l'épicier.

Pour enfermer son sens dans la borne prescrite

n) La mesure est toujours trop grande ou trop petite.

L'épigramme, plus libre en son tour plus borné,

N'est souvent qu'un bon mot de deux rimes orné.

Jadis de nos auteurs les pointes ignorées

Furent de l'Italie en nos vers attirées.

Le vulgaire, ébloui de leur faux agrément,

A ce nouvel appât courut avidement.

La faveur du public excitant leur audace,

Leur nombre impétueux inonda le Parnasse.

Le Madrigal d'abord en fut enveloppé ;

Le Sonnet orgueilleux lui-même en fut frappé :

La Tragédie [2] en fit ses plus chères délices ;

L'Élégie en orna ses douloureux caprices ;

Un héros sur la scène eut soin de s'en parer,

Et sans pointe un amant n'osa plus soupirer.

On vit tous les bergers, dans leurs plaintes nouvelles ;

Fidèles à la pointe encor plus qu'à leurs belles.

Chaque mot eut toujours deux visages divers :

La prose la reçut aussi bien que les vers ;

---

[1] Libraire du palais.

[2] La *Sylvie* de Mairet.

L'avocat au palais en hérissa son style,

Et le docteur [1] en chaire en sema l'évangile.

La raison outragée ouvrit enfin les yeux,

La chassa pour jamais des discours sérieux ;

Et, dans tous ses écrits la déclarant infame,

Par grace lui laissa l'entrée en l'Épigramme,

Pourvu que sa finesse, éclatant à propos,

Roulât sur la pensée, et non pas sur les mots.

Ainsi de toutes parts les désordres cessèrent.

Toutefois à la cour les turlupins restèrent,

Insipides plaisans, bouffons infortunés,

D'un jeu de mots grossier partisans surannés.

Ce n'est pas quelquefois qu'une muse un peu fine

Sur un mot en passant ne joue et ne badine,

o) Et n'use d'un sens double avec quelque succès ;

Mais fuyez sur ce point un ridicule excès,

Et n'allez pas toujours d'une pointe frivole

Aiguiser par la queue une Épigramme folle.

p)   Chaque poëme veut son genre de beauté.

Le Rondeau, né gaulois, a la naïveté.

La Ballade, asservie à ses vieilles maximes,

Souvent doit tout son lustre au caprice des rimes.

---

[1] Le petit père André, augustin.

Le Madrigal, plus simple et plus noble en son tour,
Respire la douceur, la tendresse et l'amour.

q)   L'ardeur de remontrer et non pas de médire
Arma la vérité du vers de la Satire.
Lucile, le premier osant la faire voir,
Aux vices des Romains présenta le miroir,
Vengea l'humble vertu de la richesse altière,
Et l'honnête homme à pied du faquin en litière.

Horace à cette aigreur mêla son enjouement :
On ne fut plus ni fat ni sot impunément;
r) Et malheur à tout nom qui, sujet de censure,
Pût entrer dans un vers sans rompre la mesure.

Perse, en ses vers obscurs, mais serrés et pressans,
Affecta d'enfermer moins de mots que de sens.

s)   Juvénal, déclamant sur le ton de l'école,
Poussa jusqu'à l'excès sa mordante hyperbole.
Ses ouvrages, tout pleins d'affreuses vérités,
Étincellent pourtant de sublimes beautés :
Soit que [1], sur un écrit arrivé de Caprée,
Il brise de Séjean la statue adorée;
Soit [2] qu'il fasse au conseil courir les sénateurs,

---

[1] Satire 10.
[2] Satire 4.

D'un tyran soupçonneux pâles adulateurs ;

1) Ou que ¹, peignant d'un trait la luxure latine,

Aux porte=faix de Rome il vende Messaline.

2) Un feu toujours égal brille dans ses écrits.

Émule ingénieux de ces rares esprits ,

Régnier, seul parmi nous formé sur leurs modèles,

Dans son vieux style encore a des graces nouvelles.

Heureux, si ses discours, craints du chaste lecteur,

Ne se sentaient des lieux où fréquentait l'auteur ;

Et si, du son hardi de ses rimes cyniques,

Il n'alarmait souvent les oreilles pudiques !

Le latin, dans les mots, brave l'honnêteté ;

Mais le lecteur français veut être respecté :

Du moindre sens impur la liberté l'outrage,

Si la pudeur des mots n'en adoucit l'image.

Je veux dans la Satire un esprit de candeur,

Et fuis un effronté qui prêche la pudeur.

D'un trait de ce poëme, en bons mots si fertile,

Le Français, né malin, forma le Vaudeville ;

Agréable indiscret, qui, conduit par le chant,

Passe de bouche en bouche, et s'accroît en marchant.

La liberté française en ses vers se déploie ;

_____

¹ Satire.

4

Cet enfant du plaisir veut naître dans la joie.

Toutefois, n'allez pas, goguenard dangereux,

Faire Dieu le sujet d'un badinage affreux :

A la fin tous ces jeux, que l'athéisme élève,

Conduisent tristement le plaisant à la Grève.

Il faut, même en chansons, du bon sens et de l'art :

x) Toutefois on a vu le vin et le hasard

Inspirer quelquefois une muse grossière,

Et fournir, sans génie, un couplet à Linière.

Mais pour un vain bonheur qui vous a fait rimer,

Gardez qu'un sot orgueil ne vous vienne enfumer.

y) Souvent le simple auteur de quelque chansonnette

Prend droit au même instant de se croire poëte :

Il ne dormira plus qu'il n'ait fait un sonnet :

Il met tous les matins six impromptus au net.

z) Encore est-ce un grand point si, satisfait d'écrire,

D'imprimer ses rébus il n'a pas le délire,

Et s'il ne se fait voir, gravé d'après Nanteuil[1],

Le front ceint de laurier, au-devant du recueil.

---

[1] Fameux graveur.

ART POÉTIQUE

CORRIGÉ.

CHANT TROISIÈME.

Il n'est point de serpent, ni de monstre odieux,
Qui, par l'art imité, ne puisse plaire aux yeux.
a) Alors ce qui choquait pour son horreur extrême
Dans les traits ressemblans séduit par l'horreur même.
Ainsi, pour nous charmer, la Tragédie en pleurs
D'Œdipe tout sanglant[1] fit parler les douleurs,
D'Oreste parricide exprima les alarmes,
Et pour nous divertir, nous arracha des larmes.

---

[1] Sophocle.

Vous donc qui, d'un beau feu pour le théâtre épris,

b) Venez y disputer un honorable prix,

Voulez-vous sur la scène étalér des ouvrages

Où tout Paris accoure et porte ses suffrages,

Et qui, de plus en plus captivant l'intérêt,

Offrent, après vingt ans, encor le même attrait?

Que dans tous vos discours la passion émue

Aille chercher le cœur, l'échauffe et le remue.

Si d'un beau mouvement l'agréable fureur

c) Ne fait pas souvent naître une douce terreur,

Ou n'excite en notre ame une pitié charmante,

En vain vous étalez une scène savante:

Vos froids raisonnemens ne feront qu'attiédir

d) Un spectateur toujours avare d'applaudir,

Et qui, des vains efforts de votre rhétorique

Justement fatigué, s'endort ou vous critique.

Le secret est d'abord de plaire et de toucher:

e) Inventez des moyens qui puissent m'attacher.

Que dès le premier vers l'action préparée

Sans peine du sujet aplanisse l'entrée.

Je me ris d'un acteur qui, lent à s'exprimer,

De ce qu'il veut, d'abord, ne sait pas m'informer,

Et qui, débrouillant mal une pénible intrigue,

D'un divertissement me fait une fatigue.

J'aimerais mieux encor qu'il déclinât son nom [1],

Et dit, je suis Oreste, ou bien Agamemnon,

Que d'aller, par un tas de confuses merveilles,

Sans rien dire à l'esprit, étourdir les oreilles :

Le sujet n'est jamais assez tôt expliqué.

Que le lieu de la scène y soit fixe et marqué.

Un rimeur, sans péril, delà les Pyrénées,

Sur la scène en un jour renferme des années :

Là souvent le héros d'un spectacle grossier,

Enfant au premier acte, est barbon au dernier.

Mais nous, que la raison à ses règles engage,

Nous voulons qu'avec art l'action se ménage :

Qu'en un lieu, qu'en un jour, un seul fait accompli

Tienne jusqu'à la fin le théâtre rempli.

Jamais au spectateur n'offrez rien d'incroyable :

Le vrai peut quelquefois n'être pas vraisemblable.

Une merveille absurde est pour moi sans appas :

L'esprit n'est point ému de ce qu'il ne croit pas.

Ce qu'on ne doit point voir, qu'un récit nous l'expose.

Les yeux en le voyant saisiraient mieux la chose ;

Mais il est des objets que l'art judicieux

Doit offrir à l'oreille et reculer des yeux.

---

[1] Il y a de pareils exemples dans Euripide.

Que le trouble, toujours croissant de scène en scène,

A son comble arrivé, se débrouille sans peine.

f) Jamais on ne se sent plus vivement frappé,

Que, lorsqu'en un sujet d'intrigue enveloppé,

D'un secret tout=à=coup la vérité connue

Change tout, donne à tout une face imprévue.

    La Tragédie, informe et grossière en naissant,

N'était qu'un simple chœur, où chacun en dansant,

Et du dieu des raisins entonnant les louanges,

S'efforçait d'attirer de fertiles vendanges.

g) Là, le vin et la joie éveillant les esprits,

  D'un vil bouc par des chants on disputait le prix.

    Thespis fut le premier qui, barbouillé de lie,

h) Promena par les bourgs ¹ cette étrange folie;

Et, d'acteurs mal ornés chargeant un tombereau,

Amusa les passans d'un spectacle nouveau.

    Eschyle dans le chœur jeta les personnages,

D'un masque plus honnête habilla les visages,

Sur les ais d'un théâtre en public exhaussé

Fit paraître l'acteur d'un brodequin chaussé.

    Sophocle enfin, donnant l'essor à son génie,

Accrut encor la pompe, augmenta l'harmonie,

---

¹ Les bourgs de l'Attique.

Intéressa le chœur dans toute l'action,

Des vers trop raboteux polit l'expression,

Lui donna chez les Grecs cette hauteur divine [1]

Où jamais n'atteignit la faiblesse latine.

Chez nos dévots aïeux le théâtre abhorré

Fut long=temps dans la France un plaisir ignoré.

De pélerins [2], dit-on, une troupe grossière

En public à Paris y monta la première ;

Et sottement zélée en sa simplicité,

Joua les Saints, la Vierge, et Dieu, par piété.

Le savoir, à la fin dissipant l'ignorance,

Fit voir de ce projet la dévote imprudence.

On chassa ces docteurs prêchant sans mission :

On vit renaître Hector, Andromaque, Ilion [3].

i) Le violon tint lieu [4] de chœur et de musique ;

Et cependant l'acteur quitta le masque antique [5].

Bientôt l'amour, fertile en tendres sentimens,

S'empara du théâtre ainsi que des romans.

---

[1] Voyez Quintilien, livre X, chap. 1.

[2] Leurs pièces sont imprimées.

[3] Ce ne fut que sous Louis XIII que la tragédie commença à prendre une bonne forme en France.

[4] *Esther* et *Athalie* ont montré combien on a perdu en supprimant les chœurs et la musique.

[5] Ce masque antique s'appliquait sur le visage de l'acteur, et représentait le personnage que l'on introduisait sur la scène.

De cette passion la sensible peinture
Est, pour aller au cœur, la route la plus sûre.
Peignez donc, j'y consens, les héros amoureux;
Mais ne m'en formez pas des bergers doucereux:
Qu'Achille aime autrement que Thyrsis et Philène;
N'allez pas d'un Cyrus nous faire un Artamène;
Et que l'amour, souvent de remords combattu,
Paraisse une faiblesse et non une vertu.

k)   Que jamais vos héros n'offrent des petitesses:
Toutefois aux grands cœurs donnez quelques faiblesses.
Achille déplairait moins bouillant et moins prompt:
J'aime à lui voir verser des pleurs pour un affront.
A ces petits défauts marqués dans sa peinture,
L'esprit avec plaisir reconnaît la nature.
Qu'il soit sur ce modèle en vos écrits tracé:
Qu'Agamemnon soit fier, superbe, intéressé:
Que pour ses dieux Énée ait un respect austère.
Conservez à chacun son propre caractère.
Des siècles, des pays étudiez les mœurs:
l) Les climats font souvent différer les humeurs.

m)   N'allez donc pas donner, ainsi que dans Clélie,
L'air ni l'esprit français à l'antique Italie,
Et, sous des noms romains, faisant notre portrait,
Peindre Caton galant, et Brutus dameret.

Dans un roman frivole aisément tout s'excuse ;

C'est assez qu'en courant la fiction amuse.

Trop de rigueur alors serait hors de saison :

Mais la scène demande une exacte raison :

L'étroite bienséance y veut être gardée.

D'un nouveau personnage inventez-vous l'idée ?

n) Qu'en tout avec lui-même il se montre d'accord,

Et qu'il soit jusqu'au bout tel qu'on l'a vu d'abord.

Souvent, sans y penser, un écrivain qui s'aime

o) Forme tous ses héros semblables à lui-même :

Tout a l'humeur gasconne en un auteur gascon :

Calprenède et Juba [1] parlent du même ton.

La nature est en nous plus diverse et plus sage ;

Chaque passion parle un différent langage :

p) La colère s'exprime en termes menaçans ;

La tristesse, au contraire, étouffe ses accens.

Que devant Troie en flamme Hécube désolée

Ne vienne pas pousser une plainte ampoulée,

Ni sans besoin décrire en quel affreux pays

Par sept bouches l'Euxin reçoit le Tanaïs [2].

Tous ces pompeux amas d'expressions frivoles

---

[1] Héros de la *Cléopâtre.*

[2] Sénèque le tragique, *Troade.* sc. I.

Sont d'un déclamateur amoureux des paroles.

Il faut dans la douleur que vous vous abaissiez :

q) Pour que je m'attendrisse, il faut que vous pleuriez.

Ces grands mots, en effet, dont on remplit sa bouche,

Ne partent point d'un cœur que sa misère touche.

Le théâtre, fertile en censeurs pointilleux,

Chez nous pour se produire est un champ périlleux.

Un auteur n'y fait pas de faciles conquêtes ;

r) Mais trouve à le siffler des bouches toujours prêtes :

Chacun le peut traiter de fat et d'ignorant ;

C'est un droit qu'à la porte on achète en entrant.

Il faut qu'en cent façons, pour plaire, il se replie ;

Que tantôt il s'élève et tantôt s'humilie ;

Qu'en nobles sentimens il soit par=tout fécond ;

Qu'il soit aisé, solide, agréable et profond ;

s) Que par des traits frappans sans cesse il nous réveille ;

Qu'il coure dans ses vers de merveille en merveille ;

Et que tout ce qu'il dit, facile à retenir,

De son ouvrage en nous laisse un long souvenir.

t) Ainsi se développe et marche le tragique.

D'un air plus grand encor la poësie épique,

Dans le vaste récit d'une longue action,

Se soutient par la fable et vit de fiction.

Là, pour nous enchanter, tout est mis en usage ;

Tout prend un corps, une ame, un esprit, un visage.

Chaque vertu devient une divinité :

Minerve est la prudence, et Vénus la beauté ;

Ce n'est plus la vapeur qui produit le tonnerre,

C'est Jupiter armé pour effrayer la terre ;

u)Un orage effrayant trouble les matelots,

C'est Neptune en courroux qui gourmande les flots ;

x)L'écho n'est plus un son qui dans l'air retentisse,

C'est une nymphe en pleurs qui se plaint de Narcisse.

y) Au pinceau du poëte, ainsi la fiction

Des plus riches couleurs fournit l'expression ;

Orne, élève, embellit, agrandit toutes choses,

Et place sous sa main des fleurs toujours écloses.

z) Qu'Énée et ses vaisseaux, par l'orage écartés,

Soient aux bords africains, loin de leur but portés :

Ce n'est qu'une aventure ordinaire et commune,

Qu'un coup peu surprenant des traits de la fortune.

Mais que Junon, constante en son aversion,

Poursuive sur les flots les restes d'Ilion ;

Qu'Éole, en sa faveur, les chassant d'Italie,

aa)Ouvre aux vents mutinés leurs prisons d'Éolie ;

Que Neptune en courroux, s'élevant sur la mer,

D'un mot calme les flots, mette la paix dans l'air,

Délivre les vaisseaux, des Syrtes les arrache :

C'est là ce qui surprend, frappe, saisit, attache.

bb) Sans ces traits merveilleux le vers tombe en langueur;

La poësie est morte[1], ou rampe sans vigueur;

Le poëte n'est plus qu'un orateur timide,

Qu'un froid historien d'une fable insipide.

cc)   Sachez donc employer ces ornemens reçus,

Sans imiter pourtant ces écrivains déçus

Qui voudraient faire agir Dieu, ses saints, ses prophètes,

Comme ces dieux éclos du cerveau des poëtes,

Mettant à tout propos leur lecteur en enfer,

Et n'offrant qu'Astaroth, Belzébuth, Lucifer.

De ces effets de l'art le mélange coupable,

Même à la vérité donne l'air de la fable.

Et quel objet enfin à présenter aux yeux,

Que le diable toujours hurlant contre les cieux[2],

Qui de votre héros veut rabaisser la gloire,

Et souvent avec Dieu balance la victoire?

Le Tasse, dira-t-on, l'a fait avec succès.

Je ne veux point ici lui faire son procès.

Mais quoi que notre siècle à sa gloire publie,

dd) Il n'eût point par son livre illustré l'Italie,

---

[1] L'auteur avait en vue Saint-Sorlin des Marets qui a écrit contre la fable.

[2] Voyez le Tasse.

Si son sage héros, toujours en oraison,

N'eût fait que mettre enfin Satan à la raison,

Et si Renaud, Argant, Tancrède et sa maîtresse

N'eussent de son sujet égayé la tristesse.

    Ce n'est pas que j'approuve, en un sujet chrétien [1],

Un auteur follement idolâtre et païen.

Mais dans une profane et riante peinture,

De n'oser de la fable employer la figure;

De chasser les tritons de l'empire des eaux;

D'ôter à Pan sa flûte, aux Parques leurs ciseaux;

D'empêcher que Caron, dans la fatale barque,

Ainsi que le berger ne passe le monarque:

C'est d'un scrupule vain s'alarmer sottement,

Et vouloir aux lecteurs plaire sans agrément.

Bientôt ils défendront de peindre la Prudence,

De donner à Thémis ni bandeau ni balance,

De figurer aux yeux la Guerre au front d'airain,

Ou le Temps qui s'enfuit une horloge à la main,

Et par=tout des écrits, comme une idolatrie,

Dans leur faux zèle iront chasser l'allégorie.

Laissons=les s'applaudir de leur pieuse erreur.

Mais pour nous, bannissons une vaine terreur;

---

[1] Voyez l'Arioste.

ee) Le faux dans le discours , s'il est sans artifice ,

N'est-plus mensonge alors , ou cesse d'être vice.

ff)   La fable offre d'ailleurs mille agrémens divers:

Là tous les noms heureux semblent nés pour les vers,

Ulysse , Agamemnon , Oreste , Idoménée ,

Hélène , Ménélas , Pâris , Hector , Énée.

Oh ! le plaisant projet d'un poëte ignorant ,

gg) Qui , laissant ces héros , va choisir Childebrand !

D'un seul nom quelquefois le son dur ou bizarre

Rend un poëme entier ou burlesque ou barbare.

Voulez=vous long-temps plaire et jamais ne lasser ?

Faites choix d'un héros propre à m'intéresser ,

En valeur éclatant, en vertus magnifique ;

Qu'en lui, jusqu'aux défauts, tout se montre héroïque;

Que ses faits surprenans soient dignes d'être ouïs ;

Qu'il soit tel que César , Alexandre ou Louïs ;

Non tel que Polynice et son perfide ¹ frère :

hh) On s'ennuie au récit d'une action vulgaire.

N'offrez point un sujet d'incidens trop chargé.

Le seul courroux d'Achille , avec art ménagé ,

Remplit abondamment une Iliade entière.

Souvent trop d'abondance appauvrit la matière.

---

¹ Polynice et Étéocle , frères ennemis , auteurs de la guerre de Thèbes. Voyez la *Thébaïde* de Stace.

Soyez vif et pressé dans vos narrations :

Soyez riche et pompeux dans vos descriptions.

C'est là qu'il faut sur-tout étaler l'élégance.

N'y présentez jamais de basse circonstance.

ii) N'imitez pas ce fou [1] qui, peignant dans ses vers,

Au sein de la Mer Rouge et de ses flots ouverts,

L'Hébreu sauvé du joug de ses injustes maîtres,

Met, pour le voir passer, les poissons [2] aux fenêtres;

Peint le petit enfant qui va, saute, revient,

Et joyeux à sa mère offre un caillou qu'il tient.

Sur de trop vains objets c'est arrêter la vue.

Donnez à votre ouvrage une juste étendue.

Que le début soit simple, et n'ait rien d'affecté.

N'allez pas dès l'abord, sur Pégase monté,

kk) Crier, même au sujet des plus hauts faits de guerre,

« Je chante le vainqueur des vainqueurs de la terre [3]. »

Où tendent ces grands mots qui frappent les esprits?

La montagne en travail enfante une souris.

Oh! que j'aime bien mieux cet auteur plein d'adresse

Qui, sans faire d'abord de si haute promesse,

---

1 Saint-Amand.

2 Les poissons ébahis les regardent passer. *Moïse sauvé.*

3 *Alaric*, poème de Scudéry, liv. 1.

Me dit d'un ton aisé, doux, simple, harmonieux :

«Je chante les combats et cet homme pieux

»Qui, des bords phrygiens conduit dans l'Ausonie,

»Le premier aborda les champs de Lavinie ! »

Sa muse en arrivant ne met pas tout en feu,

Et, pour donner beaucoup, ne nous promet que peu ;

Bientôt vous la verrez, prodiguant les miracles,

Du destin des Latins prononcer les oracles ;

ll) Du Styx, de l'Achéron peindre les noirs torrens,

Et déjà les Césars dans l'Élysée errans.

m m) Attachez mon esprit par de fortes images ;

Il faut que tout ait vie, et parle dans vos pages.

On peut être à la fois et pompeux et plaisant ;

Et je hais un sublime ennuyeux et pesant.

nn) J'aime mieux l'Arioste et ses fables comiques,

Que ces auteurs toujours froids et mélancoliques,

Qui dans leur sombre humeur se croiraient faire affront

Si les Graces jamais leur déridaient le front.

On dirait que, pour plaire instruit par la nature,

Homère ait à Vénus [1] dérobé sa ceinture.

Son livre est d'agrémens un fertile trésor :

Tout ce qu'il a touché se convertit en or ;

---

[1] Iliade, liv. XIV.

Tout reçoit dans ses mains une nouvelle grace;

Par=tout il divertit, et jamais il ne lasse.

Une heureuse chaleur anime ses discours:

Il ne s'égare point en de trop longs détours.

Sans garder dans ses vers un ordre méthodique,

Son sujet de soi=même et s'arrange et s'explique:

Tout, sans faire d'apprêts, s'y prépare aisément;

Chaque vers, chaque mot court à l'événement.

Aimez donc ses écrits, mais d'un amour sincère:

C'est avoir profité que de savoir s'y plaire.

Un poëme excellent, où tout marche et se suit,

N'est pas de ces travaux qu'un caprice produit:

Il veut du temps, des soins; et ce pénible ouvrage

Jamais d'un écolier ne fut l'apprentissage.

Mais souvent parmi nous un poëte sans art,

Qu'un beau feu quelquefois échauffa par hasard,

Enflant d'un vain orgueil son esprit chimérique,

Fièrement prend en main la trompette héroïque:

Sa muse déréglée, en ses vers vagabonds,

Ne s'élève jamais que par sauts et par bonds;

Et son feu, dépourvu de sens et de lecture,

S'éteint à chaque pas faute de nourriture.

Mais en vain le public, prompt à le mépriser,

De son mérite faux le veut désabuser:

Lui-même, applaudissant à son maigre génie,

oo) Se donne de ses mains l'encens qu'on lui dénie :

Virgile, au prix de lui, n'a point d'invention ;

Homère n'entend point la noble fiction.

Si contre cet arrêt le siècle se rebelle,

A la postérité d'abord il en appelle :

PP) Mais tout en attendant que le goût de retour

Ramène triomphans ses ouvrages au jour ;

Leurs tas au magasin, cachés à la lumière,

Combattent tristement les vers et la poussière.

Laissons=les donc entre eux s'escrimer en repos,

Et, sans nous égarer, suivons notre propos.

Des succès fortunés du spectacle tragiqué,

Dans Athènes naquit la Comédie antique.

Là le Grec, né moqueur, par mille jeux plaisans

Distilla le venin de ses traits médisans.

Aux accès insolens d'une bouffonne joie

La sagesse, l'esprit, l'honneur furent en proie.

On vit par le public un poëte avoué

S'enrichir aux dépens du mérite joué :

Et Socrate par lui, dans un chœur de nuées [1],

D'un vil amas de peuple attirer les huées.

---

[1] Les *Nuées*, comédie d'Aristophane.

Enfin de la licence on arrêta le cours :

Le magistrat des lois emprunta le secours,

Et, rendant par édit les poëtes plus sages,

99) Défendit de marquer les noms ni les visages.

Le théâtre perdit son antique fureur :

La Comédie apprit à rire sans aigreur,

Sans fiel et sans venin sut instruire et reprendre,

Et plut innocemment dans les vers de Ménandre.

Chacun, peint avec art dans ce nouveau miroir,

S'y vit avec plaisir, ou crut ne s'y point voir :

L'avare, des premiers, rit du tableau fidèle

D'un avare souvent tracé sur son modèle ;

Et mille fois un fat, finement exprimé,

Méconnut le portrait sur lui=même formé.

Que la nature donc soit votre étude unique,

Auteurs qui prétendez aux honneurs du comique.

Quiconque voit bien l'homme, et d'un esprit profond,

De tant de cœurs cachés a pénétré le fond ;

Qui sait bien ce que c'est qu'un prodigue, un avare,

Un honnête homme, un fat ; un jaloux, un bizarre,

rr) Sur la scène aisément pourra les étaler,

Et les faire à nos yeux vivre, agir et parler.

Présentez=en par=tout les images naïves ;

Que chacun y soit peint des couleurs les plus vives.

La nature, féconde en bizarres portraits,
Dans chaque ame est marquée à de différens traits;
Un gesté la découvre, un rien la fait paraître :
Mais tout esprit n'a pas des yeux pour la connaître.

Le temps, qui change tout, change aussi nos humeurs,
Chaque âge a ses plaisirs, son esprit et ses mœurs.

Un jeune homme, toujours bouillant dans ses caprices,
Est prompt à recevoir l'impression des vices ;
Est vain dans ses discours, volage en ses désirs,
Rétif à la censure, et fou dans les plaisirs.

ss)   L'âge viril, plus mûr, se montre aussi plus sage,
Se pousse auprès des grands, s'intrigue, se ménage,
Contre les coups du sort songe à se maintenir,
Et loin dans le présent regarde l'avenir.

La vieillesse chagrine incessamment amasse,
tt) S'abstenant de jouir des trésors qu'elle entasse ;
Elle suit ses desseins d'un pas lent et glacé,
Et vante à tout propos le bon vieux temps passé :
Inhabile aux plaisirs dont la jeunesse abuse,
Elle blâme des goûts que l'âge lui refuse.

Ne faites point parler vos acteurs au hasard,
Un vieillard en jeune homme, un jeune homme en vieillard.

Etudiez la cour, et connaissez la ville :
L'une et l'autre est toujours en modèles fertile.

C'est par là que Molière, illustrant ses écrits,

Peut=être de son art eût remporté le prix,

Si, moins ami du peuple, en ses doctes peintures

Il n'eût point fait souvent grimacer les figures,

Quitté pour le bouffon l'agréable et le fin,

Et sans honte à Térence allié Tabarin :

Dans ce sac ridicule où Scapin s'enveloppe,

Je ne reconnais plus l'auteur du Misantrope [1].

    Le Comique, ennemi des soupirs et des pleurs,

N'admet point en ses vers de tragiques douleurs ;

uu) Mais il doit se garder d'aller, dans une place,

De mots sales et bas charmer la populace :

Il faut que ses acteurs badinent noblement ;

Que son nœud bien formé se dénoue aisément ;

Que l'action marchant où la raison la guide,

Ne se perde jamais dans une scène vide ;

Que son style humble et doux se relève à propos ;

xx) Que par=tout son récit, parsemé de bons mots,

Montre des passions finement maniées,

Et les scènes toujours l'une à l'autre liées.

Aux dépens du bon sens gardez de plaisanter

Jamais de la nature il ne faut s'écarter.

---

[1] Comédie de Molière.

Contemplez de quel air un père, dans Térence [1],

Vient d'un fils amoureux gourmander l'imprudence ;

De quel air cet amant écoute ses leçons,

yy) Et court chez sa maîtresse en oublier les sons.

Ce n'est pas un portrait, une image semblable ;

C'est un amant, un fils, un père véritable.

J'aime sur le théâtre un agréable auteur

Qui, sans se diffamer aux yeux du spectateur,

Plaît par la raison seule, et jamais ne la choque ;

Mais pour un faux plaisant à grossière équivoque,

Qui pour me divertir n'a que la saleté,

Qu'il s'en aille, s'il veut, sur deux tréteaux monté,

Amusant le Pont=neuf de ses sornettes fades,

zz) Aux laquais assemblés jouer des mascarades.

---

[1] Voyez Simon dans l'*Andrienne*, et Démée dans les *Adelphes*.

ART POËTIQUE

CORRIGÉ.

CHANT QUATRIÈME.

Dans Florence jadis vivait un médecin,
Savant hâbleur, dit=on, et célèbre assassin.
Lui seul y fit long=temps la publique misère :
Là le fils orphelin lui redemande un père :
Ici le frère pleure un frère empoisonné :
L'un meurt vide de sang, l'autre plein de séné :
Le rhume à son aspect se change en pleurésie,
Et par lui la migraine est bientôt frénésie.

Il quitte enfin la ville, en tous lieux détesté.

De tous ses amis morts un seul ami resté

Le mène en sa maison de superbe structure.

a) C'était un financier fou de l'architecture.

Le médecin d'abord semble né dans cet art,

Déjà de bâtimens parle comme Mansard :

b) D'un salon trop obscur il condamne la place,

Au vestibule étroit assigne plus d'espace,

Voudrait que l'escalier fût fait d'autre façon.

Tous ses plans sont goûtés, on mande le maçon.

Le maçon vient, écoute, approuve, et se corrige.

Enfin, pour abréger un si plaisant prodige,

Notre assassin renonce à son art inhumain ;

Et désormais la règle et l'équerre à la main,

Laissant de Galien la science suspecte,

De méchant médecin devient bon architecte.

Son exemple est pour nous un précepte excellent.

Soyez plutôt maçon si c'est votre talent,

Ouvrier estimé dans un art nécessaire,

Qu'écrivain du commun, et poëte vulgaire.

Il est dans tout autre art des degrés différens,

On peut avec honneur remplir les seconds rangs :

c) Mais dans l'art délicat de rimer et d'écrire,

Il n'est point de degré du médiocre au pire :

Qui dit froid écrivain dit détestable auteur.

Boyer [1] est à Pinchêne égal pour le lecteur;

On ne lit guère plus Rampale et Ménardière,

Que Magnon [2], du Souhait [3], Corbin [4] et la Morlière [5].

Un fou du moins fait rire et peut nous égayer :

d) Mais un froid écrivain ne saurait qu'ennuyer.

J'aime mieux Bergerac [6] et sa burlesque audace

Que ces vers où Motin se morfond et me glace.

Ne vous enivrez point des éloges flatteurs

e) Que souvent un amas de vains admirateurs

Vous donne en ces réduits, prompts à crier : Merveille!

Tel écrit récité se soutint à l'oreille,

Qui, dans l'impression au grand jour se montrant,

f) Ne peut tenir aux yeux du lecteur pénétrant [7].

On sait de cent auteurs l'aventure tragique;

---

[1] Auteur médiocre.

[2] Magnon a composé un poëme fort long, intitulé l'*Encyclopédie.*

[3] Du Souhait avait traduit l'Iliade en prose.

[4] Corbin avait traduit la Bible mot à mot.

[5] La Morlière, méchant poëte.

[6] Cyrano de Bergerac, auteur du Voyage de la Lune.

[7] Chapelain.

Et Gombaut tant loué garde encor la boutique.

Écoutez tout le monde, assidu consultant :

Un fat quelquefois ouvre un avis important.

Quelques vers toutefois qu'Apollon vous inspire,

En tous lieux aussitôt ne courez pas les lire.

Gardez=vous d'imiter ce rimeur furieux [1]

Qui, de ses vains écrits lecteur harmonieux,

Aborde en récitant quiconque le salue,

Et poursuit de ses vers les passans dans la rue.

Il n'est temple si saint des anges respecté [2]

Qui soit contre sa muse un lieu de sûreté.

Je vous l'ai déjà dit, aimez qu'on vous censure ;

Et, souple à la raison, corrigez sans murmure.

Mais ne vous rendez pas dès qu'un sot vous reprend.

Souvent dans son orgueil un subtil ignorant

Par d'injustes dégoûts combat toute une pièce,

Blâme des plus beaux vers la noble hardiesse,

On a beau réfuter ses vains raisonnemens,

Son esprit se complaît dans ses faux jugemens :

Et l'insensé, toujours se flattant sans mesure,

---

[1] Du Perrier.

[2] Il récita de ses vers à l'auteur, malgré lui, dans une église.

Pense que rien n'échappe à l'œil de sa censure.

Ses conseils sont à craindre, et si vous les croyez,

Pensant fuir un écueil, souvent vous vous noyez.

Faites choix d'un censeur solide et salutaire,

Que la raison conduise et le savoir éclaire,

Et dont le crayon sûr d'abord aille chercher

L'endroit que l'on sent faible et qu'on se veut cacher.

Lui seul éclaircira vos doutes ridicules,

De votre esprit tremblant lèvera les scrupules.

C'est lui qui vous dira par quel transport heureux

Quelquefois dans sa course un esprit vigoureux,

Trop resserré par l'art, sort des règles prescrites,

Et de l'art même apprend à franchir les limites.

Mais ce parfait censeur se trouve rarement.

Tel excelle à rimer qui juge sottement:

Tel s'est fait par ses vers distinguer dans la ville,

Qui jamais de Lucain n'a distingué Virgile.

Auteurs, prêtez l'oreille à mes instructions.

Voulez=vous faire aimer vos riches fictions?

Qu'en savantes leçons votre muse fertile

Par=tout joigne au plaisant le solide et l'utile.

h) L'homme sage dédaigne un vain amusement,

Et veut mettre à profit son divertissement,

Que votre ame et vos mœurs, peintes dans vos ouvrages,

N'offrent jamais de vous que de nobles images.

Je ne puis estimer ces dangereux auteurs

Qui de l'honneur, en vers, infames déserteurs,

Trahissant la vertu sur un papier coupable,

Aux yeux de leur lecteur rondent le vice aimable.

Je ne suis pas pourtant de ces tristes esprits

Qui, bannissant l'amour de tous chastes écrits,

i) Et d'un si grand ressort voulant priver la scène,

Traitent d'empoisonneurs et Rodrigue et Chimène.

L'amour le moins honnête exprimé chastement

N'excite point en nous de honteux mouvement.

Didon a beau gémir et m'étaler ses charmes,

Je condamne sa faute en partageant ses larmes.

k)   On peut plaire en effet par des vers innocens,

Et divertir l'esprit sans enflammer les sens :

L'honnête homme est disert, s'il fait parler son ame.

Du pervers au contraire en vain l'esprit infame

Paraît=il être plein d'une noble vigueur,

Son vers sera toujours abject comme son cœur.

l)   Fuyez sur=tout, fuyez la basse jalousie,

Des vulgaires esprits maligne frénésie.

Un sublime écrivain n'en peut être infecté ;

C'est un vice qui suit la médiocrité.

Du mérite éclatant cette sombre rivale

Contre lui chez les grands incessamment cabale :

Et sur les pieds en vain tâchant de se hausser,

Pour s'égaler à lui cherche à le rabaisser.

Ne descendons jamais dans ces lâches intrigues :

N'allons point à l'honneur par de honteuses brigues.

Que les vers ne soient pas votre éternel emploi.

m) De la société faites-vous une loi.

C'est peu que le talent de charmer dans un livre ;

Il faut savoir encore et converser et vivre.

Travaillez pour la gloire, et qu'un sordide gain

n) Jamais de vos écrits ne soit l'indigne fin.

Je sais qu'un noble esprit peut, sans honte et sans crime,

Tirer de son travail un tribut légitime :

Mais je ne puis souffrir ces auteurs renommés

Qui, dégoûtés de gloire et d'argent affamés,

Mettent leur Apollon aux gages d'un libraire,

Et font d'un art divin un métier mercenaire.

Avant que la raison, s'expliquant par la voix,

Eût instruit les humains, eût enseigné des lois,

Tous les hommes suivaient la grossière nature,

Dispersés dans les bois couraient à la pâture ;

La force tenait lieu de droit et d'équité ;

Le meurtre s'exerçait avec impunité.

o) Mais du discours enfin l'harmonie et l'adresse

De ces sauvages mœurs adoucit la rudesse ,

Rassembla les humains dans les forêts épars ,

Enferma les cités de murs et de remparts ,

De l'aspect du supplice effraya l'insolence ,

Et sous l'appui des lois mit la faible innocence.

Cet ordre fut , dit=on , le fruit des premiers vers.

De là sont nés ces bruits reçus dans l'univers ,

p) Que par ses chants Orphée , en la Thrace sauvage ,

Des tigres, des lions apprivoisait la rage ;

Qu'aux accords d'Amphion les pierres se mouvaient ,

Et sur les murs thébains en ordre s'élevaient.

L'harmonie en naissant produisit ces miracles.

Depuis , le ciel en vers fit parler les oracles ;

Du sein d'un prêtre ému d'une divine horreur ,

Apollon par des vers exhala sa fureur.

Bientôt , ressuscitant les héros des vieux âges ,

Homère aux grands exploits anima les courages.

Hésiode , à son tour , par d'utiles leçons ,

Des champs trop paresseux vint hâter les moissons.

En mille écrits fameux la sagesse tracée

Fut, à l'aide des vers, aux mortels annoncée;

Et par=tout des esprits ses préceptes vainqueurs,

Introduits par l'oreille, entrèrent dans les cœurs.

Pour tant d'heureux bienfaits les muses révérées

Furent d'un juste encens dans la Grèce honorées,

Et leur art, attirant le culte des mortels,

A sa gloire en cent lieux vit dresser des autels.

Mais enfin l'indigence, amenant la bassesse,

Le Parnasse oublia sa première noblesse.

Un vil amour du gain, infectant les esprits,

9) Des traits les plus grossiers souilla tous les écrits;

Et par=tout, enfantant mille ouvrages frivoles,

Trafiqua du discours et vendit les paroles.

Ne vous flétrissez point par un vice si bas.

Si l'or seul a pour vous d'invincibles appas,

Fuyez ces lieux charmans qu'arrose le Permesse:

Ce n'est point sur ses bords qu'habite la richesse.

Aux plus savans auteurs, comme aux plus grands guerriers,

Apollon ne promet qu'un nom et des lauriers.

Mais quoi! dans la disette une muse affamée

Ne peut pas, dira=t-on, subsister de fumée;

Un auteur qui, pressé d'un besoin importun,

Le soir entend crier ses entrailles à jeun,

Goûte peu d'Hélicon les douces promenades :

Horace a bu son saoul quand il voit les Ménades :

Et, libre du souci qui trouble Colletet,

N'attend pas pour dîner le succès d'un sonnet.

Il est vrai ; mais enfin cette affreuse disgrace

Rarement parmi nous afflige le Parnasse.

Et que craindre en ce siècle où toujours les beaux arts

D'un astre favorable éprouvent les regards :

Où d'un prince éclairé la sage prévoyance

Fait par=tout au mérite ignorer l'indigence ?

Muses, dictez sa gloire à tous vos nourrissons ;

Son nom vaut mieux pour eux que toutes vos leçons.

Que Corneille, pour lui rallumant son audace,

Soit encor le Corneille et du Cid et d'Horace :

Que Racine, enfantant des miracles nouveaux,

De ses héros sur lui forme tous les tableaux :

Que de son nom chanté par la bouche des belles,

Benserade en tous lieux amuse les ruelles :

Que Segrais dans l'églogue en charme les forêts ;

Que pour lui l'épigramme aiguise tous ses traits.

Mais quel heureux auteur, dans une autre Énéide,

Aux bords du Rhin tremblant conduira cet Alcide ?

r) Quelle brillante lyre, en chantant ses exploits

Fera marcher encor les rochers et les bois ;

Montrera le Batave éperdu dans l'orage ,

*) Lui=même se noyant pour sortir du naufrage ;

Dira les bataillons sous Mastricht enterrés ,

Dans ces affreux assauts du soleil éclairés ?

Mais tandis que je parle , une gloire nouvelle

Vers ce vainqueur rapide aux Alpes vous appelle.

Déjà Dole et Salins ¹ sous le joug ont ployé ;

Besançon fume encor sous son roc foudroyé.

Où sont ces grands guerriers dont les fatales ligues

Devaient à ce torrent opposer tant de digues ?

Est=ce encore en fuyant qu'ils pensent l'arrêter,

Fiers du honteux honneur d'avoir su l'éviter ?

Que de remparts détruits ! que de villes forcées !

Que de moissons de gloire en courant amassées !

Auteurs, pour les chanter redoublez vos transports:

Le sujet ne veut pas de vulgaires efforts.

Pour moi qui, jusqu'ici nourri dans la satyre,

t) N'ose encor manier ni trompette ni lyre ,

Vous me verrez pourtant, dans ce champ glorieux ,

Vous animer du moins de la voix et des yeux ;

u) Vous offrir ces leçons que jadis au Parnasse ,

---

¹ Places de la Franche-Comté , prises en plein hiver.

Jeune, je recueillis du commerce d'Horace;

Seconder votre ardeur, échauffer vos esprits,

Et vous montrer de loin la couronne et le prix.

Mais aussi pardonnez si, plein de ce beau zèle,

De tous vos pas fameux observateur fidèle,

Quelquefois du bon or je sépare le faux,

Et des auteurs grossiers j'attaque les défauts;

Censeur un peu fâcheux, mais souvent nécessaire,

Plus enclin à blâmer que savant à bien faire.

FIN.

VERS

DU TEXTE ORIGINAL (1),

ET RAISONS

DES CHANGEMENS.

CHANT PREMIER.

a) PAGE 17, VERS 1.

C'est en vain qu'au *Parnasse* un *téméraire auteur*
Pense de l'art des vers atteindre la *hauteur*.

CES deux vers n'offrent qu'un tissu de mots
impropres et insignifians. On y voit d'abord
le titre d'*auteur* prodigué à qui n'a eu encore

---

(1) Édition stéréotype d'HERHAN, an 13, — 1805.

que l'idée ou la présomption d'écrire; qui
même, voulant s'élancer dans la carrière,
peut être arrêté par les entraves d'un *génie
étroit,* ou par son *Pégase rétif,* comme il
est dit après : contre=temps fâcheux, si l'on
veut, mais qui n'est pas assez funeste, pour
qu'on mérite, en s'y exposant, d'être taxé
de *téméraire.* De plus, que fait ici le mot
au Parnasse, et quel sens peut-il avoir,
quelque place qu'on lui donne dans la construction? Nous ne dirons rien de *la hauteur de l'art des vers;* il n'est personne
qu'elle n'ait choqué, et on la critiqua dès
l'origine. Ce début est donc ainsi réformé :

Fier d'un heureux essor, un novice rimeur
Croit en vain du Parnasse atteindre la hauteur.

b) PAGE 18, VERS 2.

Ni prendre pour génie un *amour* de rimer.

L'impropriété du mot *amour* est frappante;
changé par celui d'*attrait.*

c) PAGE 18, VERS 8.

L'autre d'un trait *plaisant* aiguiser l'épigramme.

Plaisant ne caractérise pas bien l'épigramme : on a mis *piquant*.

d) PAGE 18, VERS 12.

Méconnaît son génie, et s'ignore *soi=même*.

On a mis *s'ignore lui=même*, d'après la
règle grammaticale.

e) PAGE 18, VERS 19, *etc.*

Quelque sujet qu'on traite, ou *plaisant* ou *sublime*,
Que toujours *le bon sens s'accorde* avec la rime.
L'un l'autre vainement ils semblent se haïr ;
La rime est une *esclave*, et ne doit qu'obéir.
Lorsqu'à *la bien chercher d'abord on s'évertue*,
L'esprit à la trouver aisément s'habitue;
Au joug de la raison sans peine elle fléchit ;
Et loin de la gêner, la sert et l'*enrichit*.
Mais *lorsqu'on la néglige*, elle devient rebelle ;
Et, pour la rattraper, le sens court après elle.

7

Aimez *donc* la raison : que *toujours* vos écrits
Empruntent d'elle *seule* et leur lustre et leur prix.

Incorrection, impropriété de termes, non-
sens ou sens faux, et contrariant les principes mêmes de l'auteur, voilà ce qui caractérise cette tirade entière. On verra d'abord
que *plaisant* et *sublime* ne font pas suffi-
samment opposition, puisque, comme il le
dit lui=même par la suite :

On peut être à la fois et pompeux et plaisant.

Après cela, *que le bon sens s'accorde
avec la rime* offre une inversion de principe ; c'est la rime, au contraire, que l'auteur traite d'*esclave* au deuxième vers suivant, qui doit, nous ne dirons pas s'accorder, parce que ce mot est ici impropre,
mais qui doit marcher, qui doit se trouver
avec le bon sens. Le mot *s'accorder* est
impropre ; en effet, pour qu'on puisse dire
de deux choses qu'elles s'accordent ensem-
ble, il faut du moins concevoir entre elles

quelque rapport ou quelque analogie. Or,
que peut = on imaginer de tel entre le bon
sens et la rime, ou, ce qui est égal, entre
la raison et un son répété? De plus, c'est
donner une fausse idée de la rime, que
de dire qu'elle est une *esclave*; ce mot
porte avec soi l'idée de contraint et de forcé,
et la rime n'a de charme qu'autant qu'elle
est aisée et naturelle. Le cinquième et le
sixième vers, outre le vice de la consonnance des hémistiches, offrent encore une
inconséquence palpable de l'auteur. Il y dit
que, *lorsqu'on s'évertue à bien chercher la
rime, l'esprit s'habitue* aisément à la trouver.
Nul doute qu'il ne se fût *évertué à la bien
chercher*, puisqu'il fit presque toute sa vie le
métier de poëte; et toutefois il ne la trouvait
pas aisément, comme il témoigne ainsi l'un et
l'autre dans sa IIe. satire à Molière :

Dans ce rude métier où mon esprit se tue,
En vain, pour la trouver, je travaille et je sue ;

Souvent j'ai beau rêver du matin jusqu'au soir,
Quand je veux dire blanc, la quinteuse dit noir.

Et plus bas :

Sans ce métier fatal au repos de ma vie,
Mes jours pleins de loisir couleraient sans envie.

Mais sa gêne paraît d'ailleurs, lorsqu'après avoir employé le pronom indéfini *on* qui doit chercher la rime, il dit au même endroit que *l'esprit s'habitue aisément à la trouver;* comme si celui qui doit trouver n'était pas celui qui avait cherché. Que signifie encore *s'habitue à la trouver?*

Le septième vers offre un solécisme dans *fléchit au joug de la raison;* il fallait *sous le joug.* Il est inexact encore de dire, comme il le fait au suivant, que la rime *enrichit* la raison; comment peut-elle l'enrichir, puisqu'elle n'y ajoute rien? Elle l'orne tout au plus, et l'embellit.

Enfin, on lit, au neuvième vers, que,

lorsqu'on *néglige* la rime, *elle devient re-*
belle. Qu'est-ce que *négliger la rime?* Dans
la vraie signification du mot, c'est travailler
sans se la proposer, et certes elle ne peut
être alors rebelle, puisqu'on ne la demande
pas. On sent bien qu'il a voulu dire : *Lors=*
qu'on néglige de s'exercer à rimer; mais
ces mots manquent au sens. On ne dira rien
de *aimez la raison,* pour *recherchez, pro-*
posez=vous la raison; non plus que de la con=
jonction *donc* qui marque une conclusion
qui se déduit mal de ce qui précède. Mais
on ne peut qu'être frappé de lui voir pronon=
cer que les écrits doivent *toujours emprun=*
ter leur lustre et leur prix de la raison
seule, pendant qu'il établira, quelques vers
plus bas, que

.... La plus noble pensée
Ne peut plaire à l'esprit quand l'oreille est blessée.

Il a donc fallu refondre en entier ce morceau qu'on a remplacé par les douze vers

suivans qui renferment les principes géné-
raux concernant la rime, et d'autres règles
de la versification et du discours en général.

Quelque sujet qu'on traite, ordinaire ou sublime,
Au sens, à la raison il faut plier la rime :
Ils paraissent en vain s'exclure et se haïr,
La rime doit au sens constamment obéir.
Elle plaît d'autant plus, que sans effort ni gêne,
Un mot, qu'on n'attend pas, au bout du vers l'amène.
Mais elle plaît encor, quand l'art qui nous séduit
Déguise le travail qui parfois la produit.
Ni la rime pourtant, ni l'exacte cadence
D'un remplissage vain n'admettent la licence.
Il faut tenir pour loi, que toujours la raison
Doit être des écrits et l'essence et le fond.

f) PAGE 19, VERS 14.

Ils croiraient s'abaisser dans leurs vers monstrueux,
S'ils *pensaient* ce qu'un autre a pu penser comme eux.

Il nous semble qu'il n'est pas question ici
de ce qu'on pense, mais de ce qu'on dit ou

écrit, par quoi seul on peut croire *s'abaisser*. On a donc fait au dernier vers ce léger changement :

S'ils disaient ce qu'un autre a pu penser comme eux.

g) PAGE 19, VERS 23 , *etc.*

S'il rencontre un *palais*, il m'en dépeint la face ;
Il me promène *après* de terrasse en terrasse :
Ici s'offre un perron , là règne un corridor ;
Là ce balcon *s'enferme en un balustre d'or* ;
Il compte des *plafonds* les ronds et les ovales ;
« Ce ne sont que *festons*, ce ne sont qu'astragales. »

Les consonnances d'hémistiche dans *palais* et *après*, *plafonds* et *festons* , blessent le goût et les règles de la versification. De plus, *s'enferme en un balustre* n'est pas correct ; il fallait : *d'un balustre* qui gâterait le vers en empêchant l'élision. Tout est ainsi corrigé :

S'il rencontre un palais, il m'en peindra la face :
Il me promènera de terrasse en terrasse ;

Ici s'offre un perron ; là règne un corridor ;
Là ce balcon se montre avec balustre d'or ;
Il compte des lambris les ronds et les ovales ;
« Ce ne sont que festons, ce ne sont qu'astragales. »

h) PAGE 20, VERS 14.

Souvent la peur d'un mal *nous* conduit dans un pire.
Un vers était trop faible , et *vous* le rendez dur :
*J'*évite d'être long , et *je* deviens obscur.

Le changement de la personne des verbes,
à chacun de ces trois vers, ne peut que choquer. L'auteur a commis cette inadvertance
pour avoir voulu rendre trop littéralement
le *brevis esse laboro, obscurus fio* d'Horace.
On a fait au dernier vers ce léger changement qui suffit :

En voulant être bref, vous devenez obscur.

i) PAGE 20, VERS 15, *etc*.

L'un n'est point trop *fardé*, mais sa muse est trop nüe ;
L'autre a peur de *ramper*, il se perd dans la nue.

Ces deux vers-là péchent encore par une certaine convenance de son dans les deux premiers hémistiches. On s'est contenté de changer ainsi la désinence du premier :

L'un n'a point trop de fard, etc.

k) PAGE 20, VERS 17, *etc.*

Voulez-vous du public mériter les amours ?
Sans cesse en écrivant variez vos discours.

Amours est encore ici impropre Ensuite *écrivant* et *discours* s'excluent en quelque sorte, au moins simultanément dans le même sujet. On ne peut, en écrivant, varier que ses écrits. Que signifie d'ailleurs *varier* ses écrits ou ses discours! Il s'en faut bien que ce soit y mettre ou y répandre de la variété, sens que l'auteur avait en vue. Ces vers sont donc ainsi changés :

Voulez-vous du public être toujours goûté ?
Relevez vos écrits par la variété.

l) PAGE 20, VERS 19, *etc.*

Un style trop égal et toujours uniforme
En vain brille à nos yeux, il faut qu'il nous endorme.

Qu'est-ce qu'un style qui *brille aux yeux?*
La pensée peut plaire à l'esprit, les mots qui
l'expriment flatter l'oreille; mais on ne voit
pas ce que tout cela peut faire aux yeux.
Ensuite, *il faut qu'il nous endorme,* pour *il
nous endort toujours,* ou *sans faute,* au lieu
d'avoir ce sens, dit à peu près le contraire
de ce que l'auteur veut faire entendre : il
semble que d'*endormir* soit une qualité du
style. Corrigé ainsi :

Il n'est tour si brillant, s'il est trop uniforme,
Qui par ce vice seul bientôt ne nous endorme.

m) PAGE 21, VERS 2, *etc.*

Heureux qui, dans ses vers, sait d'une *voix légère*
Passer du grave au doux, du plaisant au sévère!

Son livre *aimé* du ciel, et *chéri* des lecteurs,
Est souvent chez Barbin entouré d'acheteurs.

On ne voit pas trop ce que l'auteur veut
dire dans les deux premiers vers, avec cette
voix légère qui passe *du grave au doux*, etc.,
sinon qu'il paraît ressasser, au milieu d'un
décousu perpétuel, sa première idée de
Voulez=vous du public mériter les amours,
etc.

Mais encore, que fait ici cette voix légère,
quand il ne s'agit que de compositions d'es=
prit, de vers, fût=ce même de compositions
de musique? L'antithèse est d'ailleurs man=
quée dans *plaisant* et *sévère*, au lieu de *sé=
rieux*. Enfin, *aimé* et *chéri* du troisième vers
sont deux mots pour le même sens. On pou=
vait donc, absolument parlant, les supprimer
tous quatre, comme formant une tautologie
ou répétition d'idée : on s'est contenté de
réformer ainsi les trois premiers, où la phrase,

ayant la liaison qui lui convient, offre moins une répétition qu'un développement d'idée :

Heureux plutôt celui dont la plume facile
Sait changer à propos de manière et de style !
Son livre, aimé du ciel ainsi que des lecteurs,
Est souvent chez Barbin entouré d'acheteurs.

n) PAGE 21, VERS 8, etc.

Au mépris du bon sens, le burlesque effronté
Trompa les yeux d'abord, plut par sa nouveauté.

On n'a pas besoin de faire remarquer ici l'inconvenance de l'expression, que *le burlesque trompa les yeux*, après ce que nous venons de dire du style qui *brille aux yeux* ; puisque le burlesque étant un genre de style, c'est absolument le même cas. De plus, *au mépris du bon sens* n'était pas bien exact. On trouvera donc :

En dépit du bon sens, le burlesque effronté
D'abord en imposa, plut par sa nouveauté.

o) PAGE 21 , VERS 12.

La licence à rimer alors n'eut plus de frein.

Licence ne peut ici régir un verbe; ainsi l'on ne saurait dire *la licence à rimer*, ni *de rimer*. On a fait ce changement :

Des rimeurs la licence alors n'eut plus de frein.

p) PAGE 22 , VERS 10.

N'offrez *rien* au lecteur *que ce qui peut lui plaire*.

Rien forme ici pléonasme. D'ailleurs, *que ce qui peut lui* est d'un mauvais effet. On a ainsi réformé :

N'offrez rien au lecteur qui ne doive lui plaire.

q) PAGE 22 , VERS 12, *etc.*

Que *toujours* dans vos vers le sens, *coupant les mots*, Suspende l'hémistiche , en marque le repos.

L'auteur dit : *Que toujours dans vos vers;*

et tout le monde sait qu'il n'y a que ceux de douze ou de dix syllabes où l'on doit marquer l'hémistiche ou la césure ; il dit : *Le sens coupant les mots;* et pourtant une césure qui couperait un mot serait tout=à=fait vicieuse : il faut qu'elle coupe la phrase et non les mots.

On doit ici remarquer un des grands effets de l'engouement que la célébrité des auteurs fait presque toujours contracter aux esprits même que leurs connaissances et leurs lumières pourraient le plus en garantir. Wailly, dans son *Abrégé de la versification française,* cite les deux vers ci=dessus, comme exprimant très-bien *l'esprit et l'usage de la césure;* et s'en dissimulant visiblement le sens, il consacre aussitôt après les principes contraires que nous venons d'établir. Ces vers sont changés comme suit :

Que le sens dans vos vers, d'accord avec les mots,
S'il faut une césure, en marque le repos.

r) PAGE 22, VERS 14, *etc.*

Gardez qu'une voyelle *à courir trop hâtée*
Ne soit d'une voyelle en son chemin *heurtée.*

Le même Wailly, ainsi que bien d'autres, font une semblable méprise en louant l'expression de ces deux vers. Cependant que signifie *à courir trop hâtée?* D'ailleurs, si elle court plus que l'autre, elle pourra bien la heurter, mais n'en sera pas heurtée. Ajoutons que, pour qu'une voyelle en puisse heurter une autre, ou former l'*hiatus* de quoi il est ici question, il faut qu'elle soit forte; ce que ne disent pas les vers. On les a donc ainsi changés:

Evitez bien sur=tout le choc dur et rebelle
D'une voyelle forte avec une voyelle.

s) PAGE 22, VERS 20, *etc.*

Durant les premiers ans du Parnasse *françois,*
Le caprice tout seul faisait toutes les lois.

François, peuple, ne rimant plus avec *lois*, il a fallu, pour cela seul, réformer ces deux vers auxquels on a substitué les suivans :

Des premiers nourrissons du Parnasse français
Le caprice tout seul dirigeait les essais.

t) PAGE 23, VERS 2.

La rime au bout des mots assemblés sans mesure
Tenait lieu d'*ornemens*, de nombre et de césure.

Par la contexture de la phrase, *ornemens* est ici cheville, puisque le sens est complet en disant : *Tenait lieu de nombre et de césure*, ceux-ci étant, avec la rime, les seuls ornemens du vers. On a donc ainsi changé le dernier ci-dessus :

Formait tout l'ornement, sans nombre ni césure.

u) PAGE 24, VERS 21.

Sur-tout qu'en vos écrits la langue révérée ,
Dans *vos plus grands excès*, vous soit toujours sacrée,

C'est sur-tout à l'égard des mots impropres que la langue doit être *sacrée :* or les grands *excès* sont ici visiblement de ce nombre. On leur a donc substitué : *Dans vos plus vifs transports.*

x) PAGE 25, VERS 2, *etc.*

Sans la langue, en un mot, *l'auteur le plus divin*
Est toujours, quoi qu'il fasse, un méchant écrivain.

Sans la langue dit mal, ce semble : *Sans connaître, sans respecter sa langue.* Ensuite il paraît contradictoire qu'on puisse être, non-seulement un auteur divin, mais encore *l'auteur le plus divin*, alors même qu'on serait un méchant écrivain. D'ailleurs, à quoi se réduit ici la pensée bien analysée ? N'est-ce pas exactement que, *sans la langue*, ou, dans les vrais termes, *si l'on ne sait pas écrire*, on est un méchant écrivain ? On a mis ainsi qu'il suit :

Si l'on blesse la langue, en un mot, c'est en vain
Qu'on oserait prétendre au titre d'écrivain.

y) PAGE 25, VERS 6, *etc.*

Un style si rapide et qui court en rimant,
Marque moins trop d'esprit que peu de jugement.
J'aime mieux un ruisseau qui, sur la molle arène,
Dans un pré plein de fleurs lentement se promène,
Qu'un torrent *débordé* qui, *d'un cours orageux,*
Roule plein de *gravier* sur un terrain fangeux.
Hâtez-vous lentement, et, sans perdre courage,
Vingt fois, etc.

C'est la première fois, sans doute, qu'on a indiqué la rapidité comme un vice du style, pendant qu'elle en est, au contraire une des plus grandes perfections. C'est ce que Boileau même semble reconnaître avec Horace, lorsque, donnant des éloges au genre d'Homère, il dit que

Chaque vers, chaque mot court à l'événement.

D'ailleurs, après avoir dit : *un style si rapide,* qu'ajoute au sens, ou que signifie *et qui court en rimant?* Il y a plus ; cette fausse induction se trouve appuyée d'une comparaison tellement défectueuse, qu'elle péche tout à la fois par le mécanisme, l'expression et le sens. D'abord, par le mécanisme : elle se compose de deux membres qui doivent faire opposition; mais peut-on la voir, cette opposition, dans les fleurs qui sont hors du ruisseau, et le gravier qui est dans le torrent? Est=elle même dans *lentement* et *cours orageux?* A l'égard de l'expression, peut-on dire un *cours orageux*, pour un cours formé par un orage? Enfin, le sens n'est pas juste : désigna-t-on jamais, par le *cours orageux d'un torrent,* un auteur qui écrit à la hâte et sans art? Et, dans ce cas même, la rudesse qu'indiquerait le *gravier* pourrait=elle être la qualité de son style?

Il faut aborder l'expression fameuse : *Hâtez=vous lentement.* Qui peut nier qu'elle ne tienne du burlesque, et qu'elle ne soit au fond la répétition de *travaillez à loisir* qui

est plus haut, si même on peut y voir autre chose que deux idées qui s'entre-détrui-
sent? On a donc remplacé et changé en cette
sorte :

Le nerf manque au discours fait précipitamment,
Et tout écrit doit être un fruit du jugement.
J'aime mieux un ruisseau qui, sur la molle arène,
Toujours limpide et pur, lentement se promène,
Qu'un torrent, de l'orage enfant impétueux,
Qui ne roule jamais que des flots limoneux.
Pour quelques vains efforts ne perdez pas courage :
Vingt fois, etc.

z) PAGE 25, VERS 16, etc.

C'est peu qu'en un ouvrage, *où les fautes fourmillent*,
Des traits d'esprit semés de temps en temps pétillent,
Il faut que chaque chose y soit mise en son lieu.

Où les fautes fourmillent n'est là que pour
le vers ou pour la rime. Ces mots sont absolument étrangers au sens, ou plutôt l'em-

barrassent et le gâtent; retranchés, il devient clair. On a donc ainsi refait ces vers.

C'est peu que de beautés votre ouvrage fourmille,
Que, par-tout élégant, de grands traits il pétille :
Il faut que chaque chose, etc.

aa) PAGE 25, VERS 20, *etc.*

Que *d'un art délicat* les pièces *assorties*
N'y forment qu'un seul tout *de* diverses parties.

Assorties d'un art n'est pas correct, il fallait, *par un art*, qui eût gâté la mesure. Le second vers demandait aussi *des diverses*, et non *de diverses parties;* parce qu'il ne s'agit pas ici d'une abstraction ou d'une généralité, mais *des pièces assorties* du vers précédent. On a donc changé ainsi :

Que délicatement les pièces assorties
N'y forment qu'un seul tout des diverses parties.

bb) PAGE 26, VERS 6, etc.

Faites-vous des *amis prompts à vous censurer* :
Qu'ils soient de vos *écrits* les *confidens sincères*.

Trop de promptitude à censurer serait moins
une qualité qu'un défaut ; elle produirait le
découragement : il suffit qu'on ne craigne pas
de le faire. Ensuite, c'est nous qui devons
être *sincères,* au-lieu de nos *confidens ;* leur
rôle étant purement passif, cette épithète ne
peut leur convenir. Nous ne dirons rien de
la mauvaise consonnance que forment *amis*
et *écrits* au premier hémistiche des deux vers.
On a ainsi remplacé :

Du moins que vos amis puissent vous censurer ;
Qu'ils soient toujours pour vous des conseillers sincères

cc) PAGE 26, VERS 13.

Un flatteur aussitôt *cherche* à se récrier.

On se récrie quand on veut, sans avoir
besoin de le chercher. On a changé et mis :

Vous verrez un flatteur toujours se récrier.

dd) PAGE 27, VERS 18.

N'est rien qu'un piége adroit pour vous les réciter.

N'est rien qu'un piége est à peine français. Le tour est lâche et prosaïque, outre que le mot *piége* n'est pas trop le mot propre. On a remplacé ce vers par

N'est qu'un détour adroit pour vous les réciter.

ee) PAGE 27, VERS 23, *etc.*

Et *sans ceux* que fournit la ville et la province,
Il en est chez le duc, il en est chez le prince.

Sans ceux a presque le même défaut que l'hémistiche précédent. D'ailleurs, après avoir parlé des sots admirateurs que fournit la ville et la province, ajouter qu'il en est encore chez le duc et chez le prince, n'est-ce pas insinuer que le duc et le prince ne sont ni

à la ville ni en province? On a donc fait le
changement suivant :

Et sans parler de ceux que fournit la province,
Il en est à la ville, il en est chez le prince.

NOTES

DU

SECOND CHANT.

———

Telle aimable en son air, mais humble dans son style,
Doit éclater sans pompe une élégante Idylle.

Il est nouveau sans doute d'entendre par=
ler de l'air, et de l'air aimable d'une pro=
duction d'esprit, d'une Idylle. *Éclater* est
ici trop fort, puisqu'il ne doit pas y avoir de
pompe : *briller* rendait mieux le sens. Changé
par

Telle, ignorant et l'art et la pompe du style,
Doit briller sans apprêt une élégante Idylle.

9

b) PAGE 30, VERS 3.

Mais souvent *dans ce style un rimeur aux abois.*

Quoi de plus louche, de plus tiré que le sens qu'offre à l'esprit un *rimeur aux abois dans ce style?* On a corrigé ainsi qu'il suit:

·Mais souvent un rimeur trop contraint par ces lois.

c) PAGE 30, VERS 6, *etc.*

Au milieu d'une églogue *entonne* la trompette;
De peur de l'*écouter* Pan fuit dans les roseaux.

On a trouvé impropre *entonne* du premier vers; dans le second, l'*écouter* est pour l'en=tendre qui n'est pas, bien s'en faut, synonyme. On a donc fait les changemens suivans:

Au milieu d'une Eglogue embouche la trompette:
A sa voix éperdu, Pan fuit dans les roseaux;

d) PAGE 30 , VERS 11.

Ses vers plats et grossiers, *dépouillés* d'agrément.

Dépouillés d'agrément semble dire qu'on leur aurait ôté un agrément qu'ils avaient eu d'abord. On a substitué *dénués* à *dé= pouillés*.

e) PAGE 30 , VERS 15.

Et changer, *sans respect* de l'oreille et du son,
Lycidas en Pierrot, etc.

Sans respect de l'oreille est un latinisme que réprouve le génie de notre langue, et *du son* est une cheville, ou insignifiante, ou dont le sens a quelque chose d'absurde. En effet, *sans respect,* comme latinisme, peut avoir deux acceptions; mais on ne saurait les diviser à l'égard de deux rapports liés par la conjonction *et.* Dans la première, le sens est que; *sans respect de l'oreille,* ou plutôt pour l'oreille, Ronsard introduit des sons grossiers et burlesques, quand il en pouvait choisir d'agréables et doux. Mais que faire ensuite de *sans respect du son* qui s'applique si naturellement aux premiers? Faut-il de même les respecter?

Dans l'autre acception, plus latine encore, qui répond à *sine respectu*, sans égard, le sens est aussi consommé quand on a dit: *Sans avoir égard à l'oreille*, puisqu'on ne peut la blesser que par le son qui lui est exclusivement relatif. Ce vers est donc ainsi refondu:

Et changer gauchement, par un abus de nom,
Lycidas en Pierrot, etc.

f) PAGE 30, VERS 21.

Seuls dans leurs *doctes* vers, etc.

Les vers de Théocrite et de Virgile, dont il s'agit ici, sont parfaits en leur genre; mais l'épithète *doctes* n'a jamais pu leur convenir. On trouvera donc à la place :

Seuls, dans leurs vers fameux, etc.

g) PAGE 31, VERS 21, *etc.*

Ce n'était pas *jadis* sur ce ton ridicule,
Qu'Amour *dictait* les vers que soupirait Tibulle.

Jadis devait répondre à *dictait*, et non à *ce n'était pas*. On a changé :

Certes, ce n'était pas sur ce ton ridicule.

h) PAGE 32, VERS 11, *etc.*

Tantôt, comme une abeille *ardente à son ouvrage*,
Elle s'en va de fleurs *dépouiller le rivage*.

Des irrégularités de tout genre se montrent aussi dans la phrase de ces deux vers. D'abord, la comparaison pèche sensiblement. On pourra bien comparer l'ode à l'abeille, comme cherchant les fleurs, mais non comme

9²

ardente à son ouvrage. Ensuite, *dépouiller le rivage* sont ici deux mots impropres ; car l'abeille ne dépouille pas, puisqu'elle n'emporte pas les fleurs, et celles=ci ne se trouvent guère sur les *rivages*. Ajoutons que ce dernier mot est essentiellement relatif, et ne peut se dire au singulier dans le sens absolu, car de quel rivage s'agit=il ? On trouvera ainsi changé :

Tantôt de Flore amante, ainsi qu'on voit l'abeille,
Elle prend ses couleurs dans sa riche corbeille.

i) PAGE 33, VERS 8.

On dit, à ce propos, qu'un jour ce dieu bizarre,
Voulant pousser à bout tous les rimeurs *françois,*
Inventa du Sonnet les rigoureuses *lois.*

Nous avons déjà observé que *françois*, peuple, n'avait plus le même son final que *lois*. On a fait en conséquence au second vers ce léger changement :

Voulant pousser à bout nos rimeurs d'autrefois.

k) PAGE 33, VERS 15.

Lui=même en *mesura* (du sonnet) le *nombre* et la cadence.

Il nous paraît que, dans quelque acception qu'on prenne ce mot, on ne saurait dire : *Mesurer le nombre.* Cela est clair d'abord dans le sens mathématique ; quant au nom= bre oratoire, il n'en peut être ici question, puisqu'il doit nécessairement varier dans le sonnet, comme dans toute autre espèce de discours, et qu'il ne peut être par consé- quent *mesuré.* Il en faut dire autant du rhy= thme dont nous pensons qu'il s'agit ici. Ce vers est ainsi réformé.

Lui=même en prescrivit le rhythme et la cadence.

l) PAGE 33, VERS 17.

Défendit qu'un vers faible y pût jamais entrer, *Ni qu'un mot* déjà mis osât s'y remontrer.

Ni du second vers est une faute qu'on

avait déjà relevée. D'ailleurs, les plus fameux sonnets offrent des répétitions de mots;
c'est celle des idées et des tours semblables
qu'il en faut bannir. On a ainsi changé :

Et que la même idée osât s'y remontrer.

m) PAGE 33 , VERS 21.

Et cet heureux Phénix est encore à trouver.

Et se trouve ici hors=d'œuvre et cheville.
On l'a supprimé, et on a mis :

Ce merveilleux Phénix est encore à trouver.

n) PAGE 34, VERS 3.

La mesure est toujours trop *longue* ou trop *petite*.

Comme l'opposition ne se trouve pas bien
dans *trop longue* ou *trop petite*, on a ainsi
corrigé :

La mesure est toujours trop grande ou trop petite.

o) PAGE 35, VERS 15.

Et d'un sens détourné *n'abuse avec succès.*

On *n'abuse pas avec succès :* on *use* alors. Corrigé de cette manière :

Et n'use d'un sens double avec quelque succès.

p) PAGE 35, VERS 19.

Tout poëme est brillant de *sa propre beauté.*

Est brillant de sa propre beauté est là pour *doit briller de sa beauté propre ;* ce qui est bien différent. Ce vers est donc ainsi changé :

Chaque poëme veut son genre de beauté.

q) PAGE 36, VERS 3, *etc.*

L'ardeur de *se montrer*, et non pas de médire, Arma la vérité du vers de la satire.

Lucile le premier *osa* la faire voir,

Aux vices des Romains *présenta* le miroir,

Vengea l'humble vertu, etc.

La vérité s'armant de la satire pour *se montrer*, quelle étrange idée ! On a mis : *L'ardeur de remontrer;* ce qui donne un sens naturel par le changement d'une seule lettre. On lira aussi *osant*, au lieu d'*osa*, au troisième vers, pour corriger le décousu de *présenta*, *vengea* qui suivent sans liaison.

r) PAGE 36, VERS 11.

Et malheur à tout nom qui, *propre à la censure*.

Propre à la censure est évidemment impropre. On a mis : *Qui, sujet de censure.*

s) PAGE 36, VERS 15.

Juvénal, *élevé dans les cris de l'école.*
Poussa jusqu'à l'excès sa mordante hyperbole.

Élevé dans les cris de l'école est encore

ici une cheville. Où trouve-t-on que Juvénal ait été élevé autrement que les autres?
Quelle est cette école criarde? Et qu'au-
raient de commun les cris de l'école avec
la mordante hyperbole? On a fait cette légère réforme :

Juvénal, déclamant sur le ton de l'école,
Poussa jusqu'à l'excès, etc.

t) PAGE 37, VERS 2.

Ou que, *poussant à bout* la luxure latine,
Aux porte-faix de Rome il vende Messaline.

L'expression *poussant à bout* semblerait
faire de Juvénal l'agent et comme le provo-
cateur de la luxure latine. On a changé
ainsi :

Ou que, peignant d'un trait la luxure latine.

u) PAGE 57, VERS 4, *etc.*

Ses *écrits* pleins de feu par-tout *brillent aux yeux.*

De ces *maîtres savans* disciple ingénieux,

Régnier, seul parmi nous formé sur leurs modèles.

On doit encore appliquer aux *écrits* qui *brillent aux yeux*, ce que nous disons, à cet égard, du style, page 82.

Maîtres savans est aussi un peu différent de *savans maîtres* qu'il fallait : enfin, *disciple* et *modèles* manquent d'analogie ; c'é=tait *leçons* qui répondait à *disciple*. On a donc changé de cette manière :

Un feu toujours égal brille dans ses écrits.

Émule ingénieux de ces rares esprits ,

Régnier, seul, etc.

x) PAGE 38, VERS 7.

Mais pourtant on a vu le vin et le hasard.

On a mis *toutefois* à la place de *mais*

pourtant, pour éviter le mauvais effet, de *mais pour* au troisième vers d'après.

γ) PAGE 38, VERS 12, *etc.*

Souvent l'auteur *altier* de quelque chansonnette
Au même instant prend droit de se croire poëte.

Altier caractérise mal un auteur qui n'a que la bonhommie de se croire poëte et d'écrivailler, comme l'annonce ce qui suit. De plus, l'harmonie n'est rien moins que brillante dans *au même instant prend* du second vers. On a corrigé:

Souvent le simple auteur de quelque chansonnette
Prend droit au même instant de se croire poëte.

z) PAGE 38, VERS 16, *etc.*

Encore est-ce un miracle, *en ses vagues furies,*
Si, *bientôt imprimant* ses sottes rêveries,
Il ne se fait graver, au-devant du recueil,
Couronné de *lauriers*, par la main de Nanteui'.

Des transpositions vicieuses, des inversions

10

de temps dans les verbes embarrassent, entortillent ici la phrase, et rendent le sens plus que louche. *En ses vagues furies* est un peu cheville; *si bientôt* devait être avant. Au lieu d'*imprimant*, après *est=ce un miracle*, il fallait *s'il n'imprime*. De plus, en disant : *S'il ne se fait graver couronné de lauriers par la main de Nanteuil*, celui-ci ne paraît pas être le graveur, mais celui qui couronne; en sorte que la gravure devrait représenter Nanteuil le couronnant de *lauriers*. Enfin, ce dernier mot n'est usité au pluriel, que dans ces locutions figurées : *cueillir, moissonner des lauriers ; les lauriers du Pinde, de Bellone*. On a donc ainsi changé ces vers où *graver* et *lauriers* formaient d'ailleurs à l'hémistiche une mauvaise assonnance.

Encore est=ce un grand point si, satisfait d'écrire,
D'imprimer ses rébus il n'a pas le délire,
Et s'il ne se fait voir, gravé d'après Nanteuil,
Le front ceint de laurier, au=devant du recueil.

NOTES

DU

TROISIÈME CHANT.

—

a) PAGE 39, VERS 3, *etc.*

—

Il n'est point de serpent, ni de monstre odieux,
Qui, par l'art imité, ne puisse plaire aux yeux.
D'un pinceau *délicat* l'artifice agréable
Du plus affreux objet fait un objet aimable.

On trouve à peine une nuance d'idée
dans les deux premiers et les deux derniers
vers. D'ailleurs, ce n'est pas comme *délicat*,
mais comme expressif que le pinceau produit cet artifice ou plutôt cette illusion qui

nous retrace un objet absent, et qui nous attache à son image, quand nous craindrions d'en voir la réalité. Pourquoi aussi ne parler que du pinceau, quand le ciseau n'en impose pas moins par ses chefs-d'œuvre ? On a ainsi changé les deux derniers vers:

Alors ce qui choquait pour son horreur extrême
Dans les traits ressemblans séduit par l'horreur même.

b) PAGE 40, VERS 2, etc.

Vous donc qui, d'un beau *feu* pour le théâtre épris,
Venez *en vers pompeux* y disputer le prix,
Voulez-vous sur la scène étaler des ouvrages
Où *tout Paris en foule* apporte ses suffrages,
Et qui, toujours plus beaux, plus ils sont *regardés*,
Soient au bout de vingt ans encor redemandés ?

En vers pompeux brouille le sens au lieu de le déterminer. On ne peut savoir si c'est comme auteur, ou comme acteur, qu'on doit disputer le prix. Car *disputer en vers pompeux* ne dit pas que les vers soient le sujet du prix, mais plutôt qu'on s'en sert pour le faire décerner à quelque autre chose : autrement, il fallait *par des vers pompeux*. De plus, *où tout Paris en foule* offre un pléonasme ou une idée surchargée : *où tout Paris* renferme assez l'idée de foule. Enfin, *regardés* du cinquième vers est évidemment impropre ; on ne dit pas *regarder* un ouvrage d'esprit, ni même la représentation qu'on en fait sur la scène. On a donc fait les changemens et réformes qui suivent :

Vous donc qui, d'un beau feu pour le théâtre épris,
Venez y disputer un honorable prix,
Voulez-vous sur la scène étaler des ouvrages
Où tout Paris accoure et porte ses suffrages,
Et qui, de plus en plus captivant l'intérêt,
Offrent, après vingt ans, encor le même attrait?

c) PAGE 40, VERS 10.

Souvent ne nous remplit d'une douce terreur.

Il fallait : *Ne nous remplit souvent;* mais

ce dernier mot formant, à l'hémistiche, consonnance avec *mouvement* du vers qui précède, on a changé :

Ne fait pas souvent naître une douce terreur.

d) PAGE 40, VERS 14.

Un spectateur toujours *paresseux* d'applaudir.

Paresseux ne comporte pas de régime. On
ne peut dire : *Paresseux d'applaudir*, ni
même *pour applaudir*. On a substitué pour
cela : *Avare d'applaudir*.

e) PAGE 40, VERS 18.

Le secret est *d'abord* de plaire et de toucher.
Inventez des *ressorts* qui puissent m'attacher.

Outre que *d'abord* et *ressorts* forment dans
ces deux vers une mauvaise assonance, il est
clair que l'idée d'*attacher* ne convient point
à *ressorts* dont la véritable propriété est de

remuer et de tenir en mouvement. On a ainsi changé le dernier vers :

Inventez des moyens qui puissent m'attacher.

f) PAGE 42 , VERS 3.

L'esprit *ne se sent point* plus vivement frappé.

La contexture de ce vers est lâche, et le rend pesant; d'ailleurs, le mot *jamais* manque un peu au sens. On lui a donc substitué cet autre :

Jamais on ne se sent plus vivement frappé.

g) PAGE 42 , VERS 11 , *etc.*

Là, le vin et la joie éveillant les esprits,
Du plus habile chantre *un bouc* était le prix.

Faute de liaison dans l'idée, ces deux vers ne pouvaient ainsi rester, parce que le verbe du second ayant son nominatif ou sujet particulier, le sens du premier demeurait sus-

pendu par le gérondif *éveillant*. On a donc
fait ce changement :

Là, le vin et la joie éveillant les esprits,
D'un vil bouc par des chants on disputait le prix.

Ce qui rend mieux le vers d'Horace,

Carmine qui tragico vilem certavit ob hircum.

h) PAGE 42, VERS 14.

Thespis fut le premier qui, barbouillé de lie,
Promena par les bourgs cette *heureuse* folie.

L'auteur ne pouvait appeler *heureuse* une
folie où tout était hideux et grossier; on a
substitué l'épithète *étrange*.

i) PAGE 43, VERS 15.

Seulement les *acteurs*, laissant le masque antique,
Le violon tint lieu de chœur et de musique.

L'observation ci-dessus revient ici : *les acteurs*, sujet au premier vers, attendent en

vain leur verbe dans le second ; on n'y trouve que *tint* qui répond à *violon*. La réforme était donc nécessaire : on l'a faite ainsi par une transposition :

Le violon tint lieu de chœur et de musique ;
Et cependant l'acteur quitta le masque antique.

k) PAGE 44, VERS 9.

Des héros de roman fuyez les petitesses.

Il est des romans, au moins depuis l'auteur, dont les héros soutiennent toujours un grand caractère, et par conséquent les petitesses ne sont pas de leur essence, comme l'insinue le vers. On l'a donc ainsi changé :

Que jamais vos héros n'offrent des petitesses.

l) PAGE 44, VERS 20.

Les climats font souvent les *diverses humeurs*.

Les diverses humeurs est ici pour les humeurs diverses, ce qui n'est pas le même sens. On a mis :

Les climats font souvent différer les humeurs.

m) PAGE 44, VERS 21, etc.

Gardez=vous de donner, ainsi que dans Clélie,
L'air ni l'esprit français à l'antique Italie ;
Et, sous des noms romains faisant notre portrait,
Peindre Caton galant et Brutus dameret.

Après *Gardez=vous de donner*, etc., il fallait : *Et...... de peindre*. On a corrigé en mettant :

N'allez donc pas donner, etc.

n) PAGE 45, VERS 7.

Qu'en tout avec *soi=même* il se montre d'accord.

On a mis *avec lui = même* par la raison déjà dite.

o) PAGE 45, VERS 10.

Souvent, sans y penser, un écrivain qui s'aime
Forme tous ses héros semblables à *soi=même*.

On a mis encore *à lui=même*.

p) PAGE 45, VERS 15, *etc.*

La colère est superbe, et veut des mots altiers :
-L'abattement s'explique en des termes moins *fiers.*

Moins fiers ! Ils ne doivent pas l'être du
tout. On a donc fait le changement suivant :

La colère s'exprime en termes menaçans ;
La tristesse, au contraire, étouffe ses accens.

Les *termes menaçans* rendent le *verba
plena minarum* d'Horace.

q) PAGE 46, VERS 3, *etc.*

Il faut dans la douleur que vous vous abaissiez :
Pour me tirer des pleurs, il faut que vous pleuriez

Ces grands mots, dont *alors* l'acteur emplit sa bouche,
Ne partent point d'un cœur que sa misère touche.

Les deux premiers vers offrent encore une consonnance vicieuse d'hémistiche. *Pour me tirer des pleurs* est plat et prête à un sens double. *Alors* du troisième vers est aussi contradictoire avec ce qui précède. Il y est dit qu'il faut qu'on s'abaisse et qu'on pleure, etc. Mais ce n'est pas *alors* qu'on *emplit* sa bouche de grands mots. Enfin, *emplit*, au lieu de remplit, est encore impropre. Il a donc fallu faire au deuxième et au troisième vers cette petite réforme :

Pour que je m'attendrisse, il faut que vous pleuriez.
Ces grands mots, en effet, dont on remplit sa bouche.

r) PAGE 46, VERS 9.

Un auteur n'y fait pas de faciles conquêtes :
Il trouve à le siffler des bouches toujours prêtes.

La liaison manquait dans ces deux vers :

on l'a formée par la conjonction *mais* placée ainsi au dernier :

Mais trouve à le siffler des bouches toujours prêtes.

s) PAGE 46 , VERS 16.

Que *de traits* surprenans sans cesse il nous *réveille*.

Réveille de traits est incorrect. On a mis : *Par des traits*, et le vers se trouve ainsi :

Que par des traits frappans sans cesse il nous réveille.

t) PAGE 46 , VERS 20.

Ainsi la Tragédie agit, marche et *s'explique*.

S'explique pour se développe qui est le sens de l'auteur, est un latinisme inadmissible. On a changé :

Ainsi se développe et marche le tragique.

u) PAGE 47 , VERS 6.

Un orage terrible *aux yeux des matelots*,
C'est Neptune en courroux, etc.

Aux yeux des matelots laisse le sens sus-
pendu, outre qu'il produit une sorte d'incer-
titude sur la réalité de l'objet; changé par :

Un orage effrayant trouble les matelots,

x) PAGE 47 , VERS 8.

Écho n'est plus un son qui dans l'air retentisse;
C'est une nymphe en pleurs, etc.

On a dû mettre *l'écho*, au lieu d'*Écho*,
pour marquer l'opposition entre l'objet réel
et l'objet personnifié.

Nota. — D'après notre principe que, dans
les livres d'enseignement, *la moindre tache
est un vice funeste*, nous relevons assez souvent de simples imperfections; ce qui a fait

dire, à nos équitables censeurs qui généralisent à leur aise, que nous ne relevons que des minuties. Toutefois nous plaindrions celui qui mettrait dans cette classe le présent changement, malgré qu'il n'offre que l'addition d'un article grammatical. On doit voir que, faute de cet article, il n'y a plus ni sens ni phrase, puisque Écho étant le nom de la nymphe, c'est comme si l'on disait: *La nymphe n'est plus un son*, au lieu que c'est le son qu'on a changé en nymphe.

y) PAGE 47, VERS 10, *etc.*

Ainsi dans cet *amas* de nobles *fictions*,
Le poëte s'égaye en mille *inventions:*

Pour se convaincre du non=sens ou du sens ridicule de ces deux vers, il n'y a qu'à considérer qu'*inventions* et *fictions* sont ici à peu près synonymes, et qu'on peut mettre indifféremment l'un de ces mots pour l'autre dans la phrase ; c'est donc comme si l'on disait : *Dans cet amas de nobles fictions , le poëte s'égaye en mille fictions.* Ajoutons qu'il est absurde de dire qu'on fait des *inventions* de choses déjà inventées, telles que les *fictions* qui font un *amas.* Ces deux vers sont donc remplacés par :

Au pinceau du poëte, ainsi la fiction
Des plus riches couleurs fournit l'expression.

Et comme la *fiction* devient ici sujet, au lieu de *poëte,* il a fallu mettre, au second vers d'après, au lieu de *trouve sous sa main, place sous sa main.*

z) PAGE 47 , VERS 14 , *etc.*

Qu'Énée et ses vaisseaux, *par le vent écartés,*
Soient aux bords africains *d'un orage emportés.*

C'est encore ici deux mots pour une chose. Le vent qui *écarte* est le même que l'orage qui *emporte.* D'ailleurs, *emportés d'un orage*

est un solécisme ; il fallait *par un orage.*
Corrigé comme suit :

Qu'Énée et ses vaisseaux , par l'orage écartés,
Soient aux bords africains , loin de leur but portés.

aa) PAGE 47 , VERS 21.

Ouvre aux vents mutinés *les* prisons d'Éolie.

On a mis *leurs* prisons , pour donner au vers plus d'expression.

bb) PAGE 48, VERS 2.

Sans *tous ces ornemens ,* le vers tombe en langueur.

Tous est ici plus que cheville. D'ailleurs, le mot *ornemens* ne devait pas se trouver ici, d'après la note qui suit. On a substitué :

Sans ces traits merveilleux le vers tombe en langueur.

cc) PAGE 48, VERS 6, *etc.*

C'est donc bien vainement que nos auteurs déçus,
Bannissant de leurs vers ces *ornemens* reçus,
Pensent faire agir Dieu, ses saints et ses prophètes,

Comme ces dieux éclos du cerveau des poëtes;
Mettent à chaque pas le lecteur en enfer;
N'offrent rien qu'Astaroth, Belzébuth, Lucifer.
De la foi d'un chrétien les mystères terribles
D'ornemens égayés ne sont point susceptibles :
L'Évangile à l'esprit n'offre de tous côtés
Que pénitence à faire et tourmens mérités;
Et de vos fictions le mélange coupable
Même à ses vérités donne l'air de la fable.

Outre la répétition du mot *ornemens* qui, déjà employé quatre vers plus haut, est reproduit par là jusqu'à trois fois dans douze vers qui se suivent, on trouve ici un vain remplissage joint à l'impropriété des termes et à un entortillement, ou plutôt à une contradiction de sens palpable. Le poëte dit d'abord que

C'est .... bien vainement que nos auteurs déçus,
Bannissant de leurs vers *ces ornemens* reçus,
Pensent faire agir Dieu, ses saints et ses prophètes,
Comme ces dieux éclos du cerveau des poëtes.

S'ils font agir Dieu , etc. , *comme ces dieux éclos du cerveau des poëtes,* ils ne bannissent donc pas ces *ornemens reçus* dont il est question plus haut. Ensuite , *pensent faire agir* n'est pas tout-à-fait égal à *pensent pouvoir faire agir*, que demandait le sens.

Il dit après :

Mettent à chaque pas le lecteur en enfer;
N'offrent rien qu'Astaroth, Belzébuth, Lucifer.

et appelle cela des *ornemens égayés* dont *les mystères terribles de la foi d'un chrétien* ne sont point susceptibles ; et toutefois il observe en même temps que l'*évangile n'offre de tous côtés à l'esprit* que pénitence à faire et tourmens mérités; ce qui ne diffère pas beaucoup, comme on voit, de montrer l'enfer et les démons, ou de mettre à chaque pas le lecteur en enfer.

Il termine :

Et de vos fictions le mélange coupable
Même à ses vérités donne l'air de la fable.

En disant *à ses vérités,* il insinue, contre son intention, qu'il y a dans l'évangile des choses qui ne sont pas des vérités.

Pour mettre quelque netteté et quelque liaison dans le sens, ou plutôt pour lui en donner un qui ne se démentît pas, il a fallu refondre presqu'en entier ce morceau, et même en supprimer les quatre vers depuis *de la foi d'un chrétien,* etc., jusqu'à *tourmens mérités,* comme insignifians et contradictoires avec ce qui précède et ce qui suit. On l'a ainsi réformé :

Sachez donc employer ces ornemens reçus,
Sans imiter pourtant ces écrivains déçus
Qui voudraient faire agir Dieu, ses saints, ses prophètes,
Comme ces dieux éclos du cerveau des poëtes,
Mettant à chaque pas leur lecteur en enfer,
Et n'offrant qu'Astaroth, Belzébuth, Lucifer.
De ces effets de l'art le mélange coupable,
Même à la vérité donne l'air de la fable.

On a remplacé, par *effets de l'art,* le mot

fictions qu'emploie l'auteur dans l'avant-dernier vers. Il ne pouvait ainsi qualifier des choses et des noms qui se trouvent dans les dépôts mêmes de la foi qu'il respecta toujours.

dd) PAGE 48 VERS 21.

Il n'eût point *de son livre* illustré l'Italie.

Il fallait, et on a mis *par son livre*, parce que le sens était autrement que le Tasse n'eût pas fait ou produit son livre en Italie.

ee) PAGE 50, VERS 1, *etc.*

Et, fabuleux chrétiens, n'allons point, *dans nos songes*,
Du Dieu de vérité faire un dieu de mensonges.

On ne croirait jamais qu'après s'être élevé contre ceux qu'un vain scrupule empêchait d'employer la fable et jusqu'à l'allégorie, et avoir dit :

Laissons-les s'applaudir de leur pieuse erreur.
Mais pour nous , bannissons une vaine terreur.

il place *et fabuleux chrétiens*, etc., qui semblait devoir appuyer la même pensée, et qui pourtant la détruit; outre que *dans nos songes*, du premier vers est une vraie cheville. Ils sont donc l'un et l'autre ainsi remplacés:

Le faux dans le discours, s'il est sans artifice,
N'est plus mensonge alors, ou cesse d'être vice.

Ceci a fait substituer, quatre vers plus haut, *des écrits* à *des discours* qu'il y avait; expression, d'ailleurs, qui choquait là au pluriel.

ff) PAGE 5o, VERS 3.

La fable offre *à l'esprit* mille agrémens divers.

Il venait de parler de la fable; mais les deux vers précédens avaient coupé le sens. Il a fallu en rétablir le fil, et on l'a fait par la conjonction *d'ailleurs* mise à la place d'*à l'esprit* qui aussi bien ne convenait pas trop,

puisqu'il ne s'agit-ici que des noms heureux
que fournit la fable sous le rapport de l'harmonie.

gg) PAGE 50 , VERS 8.

Oh! le plaisant projet d'un poëte ignorant
Qui de tant de héros va choisir Childebrand !

Childebrand ne figurant point parmi les héros
dont on vient de parler, l'auteur du poëme
de ce nom n'a pu le choisir d'eux, ou plutôt sur eux. On a mis :

Qui , laissant ces héros , etc.

hh) PAGE 50 , VERS 18.

On s'ennuie aux exploits d'un *conquérant* vulgaire.

On s'ennuie aux exploits dit mal *on s'ennuie au récit des exploits.* D'ailleurs , ce
vers est le développement du précédent qui
parle de *Polynice* et de *son perfide frère*,
auxquels on ne saurait donner le titre de

conquérans. Il faut ajouter à ceci que les exploits étant proprement des actions éclatantes, font sortir par eux=mêmes de la classe vulgaire; et par conséquent, *les exploits d'un conquérant vulgaire* offrent je ne sais quoi qui implique contradiction. On trouvera donc ce remplacement :

On s'ennuie au récit d'une action vulgaire.

ii) PAGE 51 , VERS 5, *etc.*

N'imitez pas ce fou qui, *décrivant les mers,*
Et peignant, au milieu de leurs flots entr'ouverts,
L'Hébreu sauvé du joug, etc.

Saint - Amand , auteur du *Moïse sauvé,* qu'on désigne ici, n'a pas dû décrire, et n'a pas en effet décrit les mers, mais seulement le passage des Israélites par un des plus grands golfes dit la *Mer Rouge.* On a donc fait le changement qui suit :

N'imitez pas ce fou qui, peignant dans ses vers,
Au sein de la Mer Rouge et de ses flots ouverts,
L'Hébreu sauvé du joug , etc.

— Comme on met ici : *Qui peignant dans
ses vers*, on a dû changer : *C'est là qu'il
faut des vers*, au deuxième précédent, où
l'on trouvera : *C'est là qu'il faut sur = tout*,
c'est = à = dire, en généralisant le principe,
qu'il faut dans la prose, comme dans les
vers, chercher l'élégance dans les descriptions, de quoi il s'agit ici.

kk) PAGE 51, VERS 15, *etc.*

N'allez pas dès l'abord, sur Pégase monté,
Crier à vos lecteurs d'une voix de tonnerre :
« Je chante le vainqueur, etc. »
Que produira *l'auteur après tous ces grands cris ?*

Crier à vos lecteurs !.... On ne crie point
aux lecteurs ; on ne parle qu'à leurs yeux,
et un muet est autant pour eux qu'un Sten=
tor. Ainsi *la voix de tonnerre* et *les grands
cris* sont ici hors de propos, puisqu'il ne
s'agit que des choses mêmes qu'on énonce
et du tour qu'on prend. De plus, après avoir

dit en seconde personne : *N'allez pas dès l'abord*, etc., à quoi répond : *Que produira l'auteur*, qui est à la troisième ? Il faut aussi remarquer le vice des consonnances qui, dans les hémistiches des trois derniers vers, sont toutes en *eur*. On a donc ainsi réformé :

N'allez pas dès l'abord, etc.

Crier, même au sujet des plus hauts faits de guerre,

« Je chante le vainqueur, etc. »

Où tendent ces grands mots qui frappent les esprits?

ll) PAGE 52, VERS 9.

De Styx et *d'*Achéron peindre les noirs torrens.

On a cru mieux de mettre *du Styx, de l'Achéron.*

mm) PAGE 52, VERS 11, *etc.*

De figures sans nombre *égayez* votre ouvrage ;
Que tout y fasse aux *yeux* une *riante* image.

Encore ici les yeux pour être frappés des

beautés d'un ouvrage d'esprit. Après cela, on ne doit pas toujours se proposer d'*égayer* en écrivant, et toutes les images ne doivent pas être *riantes*. Il faut parfois, selon la nature des sujets, frapper, émouvoir, attendrir. On a donc ainsi corrigé :

Attachez mon esprit par de fórtes images ;
Il faut que tout ait vie, et parle dans vos pages.

Outre que ces deux vers sont plus exacts de sens et plus forts d'expression, le mot *ouvrage* trop rapproché de *donnez à votre ouvrage une juste étendue*, qui est plus haut, fait un mauvais effet dans les premiers.

nn) PAGE 52, VERS 15.

J'aime mieux Arioste, etc.

On a dû mettre *l'Arioste*, d'après l'usage pour ces noms italiens.

oo) PAGE 54, VERS 2.

Se donne *par ses mains* l'encens qu'on lui dénie.

On a trouvé mieux de mettre : *Se donne
de ses mains.*

pp) PAGE 54, VERS 7.

Mais *attendant* qu'ici le bon sens de retour
Ramène triomphans ses ouvrages au jour,
Leurs tas au magasin, etc.

Malgré tous nos censeurs, il fallait *en attendant*, pour ne pas dire que les ouvrages
attendent ; mais cette syllabe de plus gâtant
la mesure, on a changé :

Mais tout en attendant que le goût de retour.

qq) PAGE 55, VERS 4.

Défendit de marquer les noms *et* les visages.

Il fallait et l'on trouvera : *Les noms ni
les visages.*

rr) PAGE 55, VERS 21.

Qui sait bien ce que c'est qu'un prodigue, un avare,
Un honnête homme, etc.,
Sur une scène heureuse *il* peut les étaler.

Qui est déjà sujet ou nominatif du verbe *peut* du dernier vers; et par conséquent *il*, qui précède ce verbe, est redondant et solécisme. Corrigé par:

Sur la scène aisément pourra les étaler,

ss) PAGE 56, VERS 11, *etc.*

L'âge viril, plus mûr, *inspire un air* plus sage,
....
Contre les coups du *sort songe* à se maintenir.

Inspire un air!..... Il inspire plus que l'*air*; et, d'ailleurs, il n'avait pas été question d'air, mais de véritables inclinations

naturelles. On a aussi changé, pour l'avan-
tage du sens et de l'harmonie, *songe à se
maintenir* du deuxième vers. Ainsi l'on trouvera :

L'âge viril, plus mûr, se montre aussi plus sage,

....

Contre les coups du sort cherche à se prémunir,

tt) PAGE 56 , VERS 16 , *etc.*

La vieillesse chagrine incessamment *amasse;*
Garde, non pas pour *soi*, les trésors qu'elle entasse;
Marche en tous ses desseins d'un pas lent et glacé;
Toujours *plaint* le présent et vante le passé;
Inhabile aux plaisirs dont la jeunesse abuse,
Blâme en eux les douceurs que l'âge lui refuse.

On ne peut qu'être frappé du décousu que
produisent ici *amasse*, *garde*, *marche*, *plaint*,
blâme, sans conjonction, ni autre liaison.
De plus, au lieu de *pour soi*, il fallait *pour*

elle, au deuxième vers, sans compter que *plaint le présent* ne rend pas bien l'idée, au quatrième. On a donc ainsi retouché ce morceau :

La vieillesse chagrine incessamment amasse,
S'abstenant de jouir des trésors qu'elle entasse ;
Elle suit ses desseins d'un pas lent et glacé ,
Et vante à tout propos le bon vieux temps passé :
Inhabile aux plaisirs dont la jeunesse abuse,
Elle blâme des goûts que l'âge lui refuse.

uu) PAGE 57, VERS 11, *etc*.

Mais son emploi n'est *pas* d'aller, dans une place,
De mots sales et *bas* charmer la populace.

Il n'y a ici à corriger que la consonnance des deux hémistiches ; on l'a fait par ce changement au premier :

Mais il doit se garder d'aller, dans une place.

xx) PAGE 57 , VERS 18, *etc.*

Que son style humble et *doux* se relève à propos ;
Que *ses discours, par-tout fertiles en bons mots ,*
Soient *pleins de passions* finement maniées ,
Et *les scènes* toujours *l'une à l'autre liées.*

Plus d'un vice capital se fait ici remarquer ; le moindre de tous , sans contredit,
est la consonnance qui se trouve encore dans
les deux premiers hémistiches. Mais rien n'est
plus choquant que l'expression *ses discours,*
employée ici pour le récit, ou le langage
du comique. Ce genre léger, comme on
sait, se propose toujours de divertir et d'é-
gayer, au lieu que l'idée seule de *discours*
fait naître le sérieux et appelle l'ennui. D'ail=
leurs, on n'a jamais pu dire *des discours*
fertiles en bons mots, et encore moins *des*
discours pleins de passions ; quoiqu'on dise
très-bien *un auteur, un esprit fertile en bons*
mots, et *des discours où la passion respire,*

où la passion est bien rendue. Enfin, *les scènes l'une à l'autre liées* paraissent isolées et sans verbe dans la phrase; l'auxiliaire *soient* du vers précédent ne pouvant guère s'y appliquer. On a donc fait les changemens ci-après:

Que son style humble et doux se relève à propos;
Que par-tout son récit, parsemé de bons mots,
Montre des passions finement maniées,
Et les scènes toujours l'une à l'autre liées.

yy) PAGE 58, VERS 4.

De quel air cet amant écoute ses *leçons*,
Et court chez sa maîtresse oublier ces *chansons*.

Le poëte donne ici à la même chose le nom de *leçons* et de *chansons*, de sorte que *écoute* et *oublier*, qui se répondent, ne laissent pas d'avoir des rapports différens. On a corrigé par ce changement au dernier vers:

Et court chez sa maîtresse en oublier les sons.

(*zz*) PAGE 58 , VERS 14.

Aux laquais assemblés jouer *ses* mascarades.

Pour qu'on pût mettre *ses mascarades*, il fallait que celui dont on parle eût déjà été signalé comme joueur de mascarades. On a mis: *Jouer des mascarades.*

NOTES

DU

QUATRIÈME CHANT.

a) PAGE 60, VERS 4.

C'était un riche abbé, etc.

Oɴ trouve ici une allégorie satirique échappée en dépit du sujet au génie de l'auteur. Tout le monde sait qu'il y désigne, contre toute justice, un personnage d'un vrai mérite, M. Claude Perrault, qui réunit ou qui posséda tour à tour, dans un degré peu commun, les talens disparates de médecin et

d'architecte. Pour dépayser un peu ses lecteur, le poëte met la scène en Italie; mais
il paraît oublier ce point, lorsqu'au mépris du
vraisemblable, il y place *un riche abbé* dont
la véritable patrie n'était guère qu'en France.
On a donc substitué *financier* à *riche abbé*.

b) PAGE 60, VERS 7, *etc.*

D'un salon qu'on *élève* il condamne la *face* ;
Au vestibule obscur *il marque une autre place* ;
Approuve l'escalier tourné d'autre façon.
Son ami le *conçoit*, et mande *son* maçon.

Qu'est-ce que la *face d'un salon*, puisque
cette pièce n'est jamais marquée dans l'exté-
rieur d'un bâtiment? Peut-on dire même *éle-
ver* un salon? Quant au vestibule, ne répu-
gne-t-il pas qu'on puisse en changer la place
et le mettre ailleurs qu'à l'entrée? On sent
encore, à l'égard de l'escalier, qu'on ne peut
approuver une chose qui n'existe pas. Enfin,

le *conçoit* du quatrième vers est mis pour l'*approuve* dont la signification est différente.

On a donc fait les changemens suivans, où l'on corrige en outre le mauvais effet de *son maçon :*

D'un salon trop obscur il condamne la place,
Au vestibule étroit assigne plus d'espace,
Voudrait que l'escalier fût fait d'autre façon.
Tous ses plans sont goûtés, on mande le maçon.

On sentira qu'il était inutile de s'astreindre au sens précis des deux premiers vers, et qu'il suffisait de faire raisonner à l'aventure l'architecte *impromptu* sur quelque point de son art.

c) PAGE 60, VERS 23, *etc.*

Mais, dans l'art *dangereux* de ri..er et d'écrire,
Il n'est point de *degrés* du médiocre au pire.

Quel danger peut-il y avoir à rimer et à

écrire, même sans talent? Notre poëte ne dit-il pas ailleurs:

.... Chacun à ce métier
Peut perdre impunément de l'encre et du papier.

On a donc mis *délicat*, au lieu de *dange-reux*, en même temps qu'on a corrigé *de-grés* qui doit être au singulier.

d) PAGE 61, VERS 6.

Mais un froid écrivain *ne sait rien qu'ennuyer.*

Ne sait rien qu'ennuyer offre un pléonasme absolument vicieux. Corrigé par *ne saurait qu'ennuyer.*

e) PAGE 61, VERS 10.

Qu'un amas *quelquefois* de vains admirateurs.

Quelquefois ainsi placé entre *un amas* et son régime *de vains admirateurs*, forme une mauvaise construction. On a changé:

Que souvent un amas de vains admirateurs.

f) PAGE 61, VERS 14, *etc.*

Tel écrit récité se soutint à l'oreille,
Qui, dans l'impression au grand jour se montrant,
Ne soutient pas *des yeux le regard* pénétrant.

Le regard des yeux doit choquer tout le monde. D'ailleurs, ni les yeux, ni le regard ne sont le lecteur, de quoi il s'agit précisé= ment. Car *regarder* et *lire* sont tellement deux choses, que ceux-là regardent avec de plus grands yeux, qui sont plus idiots. Toutefois cet article est livré à la discussion des critiques. On a ainsi réformé le dernier vers :

Ne peut tenir aux yeux du lecteur pénétrant.

g) PAGE 62, VERS 20, *etc*

Et *sa faible raison*, de *clarté* dépourvue,
Pense que rien n'échappe à *sa débile vue.*

De clarté est ici pour *de pénétration, de perspicacité*, dont le sens est bien autre.

Ensuite, *faible raison* et *débile vue* disent la même chose sous des termes différens. Ces deux vers sont ainsi remplacés :

Et l'insensé, toujours se flattant sans mesure,
Pense que rien n'échappe à l'œil de sa censure.

h) PAGE 63 , VERS 22 , *etc.*

Un lecteur sage *fuit* un vain amusement ;
Et veut mettre à *profit* son divertissement.

Autre consonnance d'hémistiche. On l'a fait disparaître en changeant ainsi le premier vers :

L'homme sage dédaigne un vain amusement,

i) PAGE 64 , VERS 9.

D'un si riche ornement veulent priver la scène,
Traitent d'empoisonneurs et Rodrigue et Chimène.

La liaison de la phrase demandait au dernier vers *et traitent* qui l'aurait gâté. On

s'est contenté de faire au premier ce petit
changement :

Et d'un si grand ressort voulant priver la scène,
Traitent d'empoisonneurs et Rodrigue et Chimène.

k) PAGE 64, VERS 15, *etc.*

Un auteur vertueux , *dans ses vers innocens,*
Ne corrompt point le cœur en *chatouillant les sens :*
Son feu n'allume point de criminelle flamme.
Aimez *donc* la vertu, nourrissez-en votre ame:
En vain l'esprit est plein d'une noble vigueur;
Le vers se sent toujours *des bassesses du cœur.*

Dans ses vers innocens est cheville. Il est
bien clair qu'étant tels, ils ne doivent pas
corrompre le cœur. Qui ne voit aussi que
l'expression *chatouiller les sens* a un peu le
défaut qu'il veut ici attaquer? Le *donc d'ai=
mez la vertu* n'est pas non plus bien amené
comme indiquant une conclusion. Enfin, il
fallait, au dernier vers, au lieu *des basses=
ses, de la bassesse* qui gâtait la mesure. On

a donc refondu ces six vers qui n'étaient d'ailleurs qu'une sorte de répétition de l'idée précédente. On les a mis en cette manière :

On peut plaire en effet par des vers innocens,
Et divertir l'esprit sans enflammer les sens :
L'honnête homme est disert, s'il fait parler son ame.
Du pervers au contraire en vain l'esprit infame
Paraît=il être plein d'une noble vigueur,
Son vers sera toujours abject comme son cœur.

l) PAGE 64, VERS 21, *etc.*

Fuyez sur=tout, fuyez *ces basses jalousies*,
Des vulgaires esprits malignes frénésies.

On a mis au singulier *basse jalousie* et *maligne frenésie* de l'autre vers qui est sa modification, parce que, sans cela, *cette sombre rivale*, son autre modification, qu'on trouve au troisième vers d'après, péchait par défaut de concordance.

m) PAGE 65, VERS 9, *etc.*

Que les vers ne soient pas votre éternel emploi.
Cultivez vos amis, *soyez homme de foi:*

C'est peu d'être *agréable et charmant* dans un livre,
Il faut, etc.

On peut faire son éternel emploi des vers,
et n'en être pas moins *homme de foi*. D'ailleurs, *agréable et charmant* n'est guère noble. On a changé ainsi les deuxième et troisième vers :

De la société faites=vous une loi.
C'est peu que le talent de charmer dans un livre ;
Il faut, etc.

n) PAGE 65, VERS 13, *etc.*

Travaillez pour la gloire, et qu'un sordide gain
Ne soit jamais l'objet d'un *illustre écrivain.*

Le sens généralisé au premier vers dans
travaillez pour la gloire, est restreint au
second par *illustre écrivain ;* ce qui rend la
phrase incohérente et décousue, quoique liée
par la conjonction *et.* On a corrigé ainsi :

.... Et qu'un sordide gain
Jamais de vos écrits ne soit l'indigne fin.

o) PAGE 66, VERS 5

Mais du discours enfin l'harmonieuse adresse.

L'*adresse* étant un être métaphysique, peut= on la dire *harmonieuse?* On a changé :

Mais du discours enfin l'harmonie et l'adresse

p) PAGE 66, VERS 11 , *etc.*

Qu'aux accens dont Orphée *emplit* les monts de Thrace , Les tigres *amollis* dépouillaient leur *audace.*

Outre la pesanteur du premier vers, on peut voir qu'*emplit* pour *remplit les monts ;* *amollis*, pour *devenus moins cruels*, et *au- dace*, pour *férocité*, ne sont rien moins que des expressions propres et exactes. On a substitué :

Que par ses chants Orphée , en la Thrace sauvage , Des tigres, des lions apprivoisait la rage ;

Ce qui rend encore plus littéralement le *silvestres homines* d'Horace , et le

Dictus ob hoc lenire tigres rabidosque leones.

q) PAGE 67, VERS 11.

De *mensonges grossiers* souilla tous les écrits.

Les mensonges mythologiques sont pour la plupart très-grossiers, au moins comme mensonges. On n'a pas trouvé cependant qu'ils aient gâté les écrits ni d'Homère ni de Virgile, etc., parce qu'ils sont connus pour tels ou pour des emblêmes, et que les couleurs poëtiques les embellissent. On a mis:

Des traits les plus grossiers souilla tous les écrits ;

r) PAGE 68, VERS 23.

Quelle *savante lyre au bruit de ses exploits*
Fera marcher, etc.

L'épithète *savante* est mal donnée à une lyre, et *au bruit de ses exploits* ne dit pas que la lyre les chante. On a donc ainsi ré-formé ce vers:

Quelle brillante lyre, en chantant ses exploits
Fera marcher, etc.

Et comme nous disons ici *en chantant ses exploits*, nous avons mis, au deuxième vers suivant, *montrera* au lieu de *chantera*, expression d'ailleurs qui ne convenait guère à l'égard d'un objet aussi hideux que des gens qui se noyent.

s) PAGE 69, VERS 3.

Soi=même se noyant pour sortir du naufrage.

Il faut, et l'on a mis : *Lui=même se noyant.*

t) PAGE 69, VERS 19.

N'ose encor manier *la* trompette *et* la lyre.

On a mis : *Ni trompette ni lyre*, parce que la proposition est négative des deux, et qu'on peut manier l'une sans l'autre.

u) PAGE 69, VERS 22, *etc.*

Vous offrir ces leçons que ma muse au *Parnasse* Rapporta, jeune encor, du commerce d'Horace.

Au Parnasse n'a encore ici aucun sens.

Les Muses ont instruit Horace, comme il le déclare cent fois lui=même. Notre auteur n'a donc pas pu dire que la sienne avait pris des leçons de cet écrivain fameux. Corrigé par :

Vous offrir ces leçons que jadis au Parnasse,
Jeune, je recueillis du commerce d'Horace.

FIN.

CHANGEMENS

SURVENUS PENDANT L'IMPRESSION.

***

Page 48, *vers* 10 :

Mettant à *tout propos* leur lecteur en enfer,

lisez :

Mettant à *chaque pas*, etc.

Page 56, *vers* 13,

Contre les coups du sort *songe à se maintenir*,

lisez :

Contre les coups du sort *cherche à se prémunir*.